Alexis B. Cellan

Lonely Snow

ALEXIS B.
CELLAN

Lonely
SNOW

Roman

26 | TWENTY SIX

DER SELF-PUBLISHING-VERLAG

Impressum

TWENTYSIX – Eine Marke
der Books on Demand GmbH

© 2022 Alexis B. Cellan, 1. Auflage
www.abc-buecher.com

Umschlaggestaltung:
Constanze Kramer, coverboutique.de

Bildnachweise: ©Olga, ©tomertu – stock.adobe.com
envatoelements.com, freepik.com

Lektorat: Dawnstar Lektorat

Satz: Constanze Kramer, www.coverboutique.de

Herstellung und Verlag:
BoD – Books on Demand, Norderstedt

ISBN 978-3-74070-818-4

Bibliografische Information der Deutschen Nationalbibliothek:

Die Deutsche Nationalbibliothek verzeichnet diese Publikation in der
Deutschen Nationalbibliografie; detaillierte bibliografische Daten sind im
Internet über dnb.d-nb.de abrufbar

Inhalt

»Eine Schneeflocke ist stets allein.
Doch wenn sie zu Boden trudelt und sich
mit den anderen vermischt, gehört sie zu einer
Einheit und erschafft eine Welt voller Magie
und unendlicher Träume!«

Alexis B. Cellan

Gewidmet allen Menschen, die einen Grummel
in ihrem Umfeld haben und es nicht übers Herz
bringen, ihn aus ihrem Leben zu verbannen.
Ich wünsche euch die Kraft, um ihn zu erweichen.
Denn gemeinsam ist immer besser als einsam!

Grummel
mag niemand!

Ganz vorsichtig zog Alfred die Gardine zur Seite. Dann linste er auf die andere Straßenseite rüber, wo er Doris Forrester entdeckte, und wünschte sich die alte Dame ans andere Ende der Welt. Schon wieder goss sie ihre Blumen im Vorgarten. Ganz so, als hätten die nicht bereits genug vom kostbaren Wasser abbekommen. Wie ein Soldat stiefelte sie durch die bunten Reihen an Stauden und Kübeln, um verwelkte Blätter zu entfernen und gelegentlich ein Pflänzchen geradezurücken. Er sah ihr förmlich an, wie sehr ihr dieser bunte Anblick gefiel. Verzückt hob sie ihren Brustkorb, grüßte freundlich die Nachbarn beim Zaun und genoss die Herbstsonne auf ihrer Haut. Der Tag war wunderbar.

Zumindest für sie.

Denn für Alfred sah er anders aus.

Brummend ließ er den vergilbten Vorhang fallen und schlappte zurück in seine Küche, um sich einen Saft aus dem Kühlschrank zu holen. Dass seine Enkelin in diesem Moment mit ihrem Auto in die Einfahrt fuhr, sah er nicht. Er merkte es erst, als sich der Schlüssel im Schloss drehte und Cassie ganz aufgeregt hereinstolzierte.

»Hast du die Blumen von Frau Forrester gesehen, Großvater?«, fragte sie mit einem Strahlen im Gesicht. In einer Hand hielt sie zwei Einkaufstüten, in der anderen den Schlüssel. »Sie gewinnt dieses Jahr bestimmt wieder den Wettbewerb in unserer Stadt. Die Stauden sind großartig und ihre weiße Steinumrandung ist ein wahrer Blickfang. Alles wirkt so elegant, leicht und perfekt aufeinander abgestimmt, als habe sie es gemalt. Findest du nicht auch?« Cassie schaute ihn nur kurz an, erwartete aber keine Antwort. Dann widmete sie sich dem Einkauf und stellte ihn auf dem Küchentisch ab. Anschließend runzelte sie verwundert die Stirn.

Alfred registrierte das nur nebenbei und winkte genervt ab. »Die hat genug Titel gekriegt. Wird Zeit, dass sie auch mal andere ranlässt, so habgierig wie sie ist.«

Geschockt fuhr Cassie herum. »Wie war das gerade?« Erbost stemmte sie ihre Hände in die Seite und fragte: »Und wie sieht es hier überhaupt aus?«

Er beachtete sie nicht weiter, dachte nur an seine Frau Ruth und wie schön sein Garten einst war, als sie ihn immer herrichtete. Damals ging der Titel des schönsten Vorgartens von Lovelane noch an ihn, nicht diese Forrester!

»Großvater!«

Erschrocken sah er sie an.

»Ich habe gefragt, wie es hier aussieht? Ich war doch erst vor zwei Tagen da! Wie kann man einen solchen Saustall hinterlassen?«

Überall lagen Sachen auf dem Boden, Teller mit Essensresten standen umher und Zeitungen stapelten sich in den Ecken. Es wirkte dreckig und muffelte, dabei hatte Cassie doch erst gestaubsaugt. Die junge Frau hielt sich die Nase zu.

»Hast du heute schon mal das Fenster aufgemacht?« Da entdeckte Cassie den Müll vom letzten Besuch und plusterte ihre Wangen auf. »Ich dachte, du bringst ihn raus? Der beginnt schon zu schwitzen und wird dir Fliegen anziehen. Das habe ich dir oft genug gesagt.« Das Gesicht von Alfreds Enkelin lief mit einem Mal rot an. Scheinbar sah es so aus, als sei eine Armee durchmarschiert. Tadelnd stellte Cassie die drei Müllbeutel an die Haustür. Dann wechselte sie zurück auf ihren Großvater und schielte an ihm rauf und runter. »Und was hast du da eigentlich an?«

Alfred trug nur Pantoffeln und seine hellblauen Schlafsachen. Auf dem Oberteil klebte ein Fleck und den Haaren nach zu urteilen, hatte er noch nicht einmal das Badezimmer besucht, um einen Kamm zu benutzen. Dabei war fünfzehn Uhr bereits verstrichen.

Cassie wurde immer zorniger. »Du kannst doch nicht in Schlafsachen rumrennen, wenn bereits Nachmittag ist!«

»Klar kann ich das!« Der Alte zuckte gemütlich mit den Schultern und schlurfte an ihr vorbei. »Das ist mein Haus. Wer sollte es mir schon verbieten?«

»Ich!«, kam es wie selbstverständlich zurück. »Du hast Flecken auf dem Oberteil. Ist dir das nicht aufgefallen?«

»Das war die Marmelade von heute Morgen.«

»Und da behältst du das Ding an? Was, wenn du einmal Besuch kriegst? So kannst du doch keinem die Tür öffnen!«

»Wer sollte mich denn bitte besuchen?« Er schüttelte den Kopf und verzog den Mund zu einer abfälligen Miene. »Ich lasse hier bestimmt niemanden herein.«

»Angesichts der aktuellen Lage halte ich das auch für besser«, murmelte Cassie und machte ihm ein Zeichen, sofort die Sachen zu wechseln. »Nun komm! Runter damit!«

Widerworte halfen nicht, da war Cassie eigen und konnte an manchen Tagen so stur werden wie Ruth. Das hatte sie mit ihrer Oma gemeinsam. Flink kam die junge Frau mit sauberen Klamotten angerannt, holte ein Hemd und eine lockere Hose aus der oberen Etage, und hielt es ihm vor die Nase. Obwohl Alfred sich sehr wohl selbst anziehen konnte, ließ er sich von Cassie helfen, damit es schneller voranging. Anschließend schmiss sie die verdreckten Schlafsachen in den Wäschemuff und widmete sich dem restlichen Chaos im Haus. Sie schnaufte, weil sie kaum wusste, wo sie anfangen sollte, ging aber zunächst in die Küche.

Sofort näherte sich Alfred ihr. »Ich kann das auch allein machen«, informierte er Cassie mit Wink auf den Tellerberg und beobachtete sie beim Putzen.

»Ach ja?« Skeptisch schielte ihn seine Enkelin von der Seite her an. »Wenn dem so wäre, würde es hier nicht so aussehen.«

Mit wenigen Handgriffen räumte Cassie ein paar der Sachen an ihren eigentlichen Platz. Auch die Teller landeten im Geschirrspüler, nachdem sie die Essensreste in den Eimer entsorgt hatte.

»Ich habe dir zu Weihnachten schließlich nicht umsonst einen Spüler gekauft«, erinnerte sie ihn. »Er soll dir die Arbeit im Haushalt erleichtern, damit du nicht immer abwaschen musst. Du musst deine Teller und Tassen nur noch hineintun, einen Tab einwerfen und auf Start drücken. So schwer kann das doch nicht sein?«

Sie war entsetzt, wie schnell es ihr Großvater schaffte, sie auf hundertachtzig zu bringen. Dabei hatte der Tag so schön angefangen. Die junge Frau schob ihre Brille zurück auf die Nase und strich sich eine Strähne, die aus dem Zopf gerutscht war, aus den Augenwinkeln. Ein solcher Grummel konnte einen echt Nerven kosten!

Alfred merkte, dass es sie ärgerte und störte sich selbst daran. Denn Cassie war die Einzige aus seiner Familie, mit der er es sich nicht verscherzt hatte. Während der Rest Abstand zu ihm nahm, hielt sie weiterhin zu ihm. Mit seinem Bruder sprach er seit Jahren kein Wort mehr und der Kontakt zu seinem Sohn lag seit letztem Sommer auf Eis. Seine Tochter Dahlia kam zwar bisweilen vorbei, machte aber selten den Mund auf, seit er sie wegen Ruth angepflaumt hatte. Nur Cassie, Dahlias Tochter und seine einzige Enkelin, war immer noch für ihn da, obwohl er wahrlich anstrengend sein konnte.

Langsam trat er auf sie zu. »Es tut mir leid!« Alfred blickte Cassie aufrichtig von unten herauf an.

Die junge Frau vergaß ihren Ärger sofort und legte den Kopf schräg. »Du weißt genau, dass ich mir Sorgen um dich mache und es nicht böse meine?« Umgehend nahm sie ihn in den Arm und rieb ihm sachte über den Rücken. »Den ganzen Tag hockst du hier allein in deinem Haus und hast niemanden, der sich um dich kümmert. Ich male mir Horrorszenarien aus, Großvater, weil ich nicht weiß, ob es dir gut geht. Außerdem schäme ich mich, nicht öfter vorbeikommen zu können.«

Augenblicklich lenkte er ein. »Soll das ein Scherz sein? Du hast genug um die Ohren und ein eigenes Leben, um das du dich kümmern musst.«

»Aber ich teile es gerne mit dir. Und ich würde mich freuen, wenn du es auch mit der Welt da draußen teilen könntest. Ich glaube nämlich nicht, dass sie so schrecklich ist, wie du immer glaubst.«

Jetzt sahen sie sich an.

Seit Alfreds Frau Ruth vor zwei Jahren verstorben war, hatte sich sein Leben von Grund auf verändert. Weder traf er sich mit seinen alten Kumpels vom Bowling, noch den ehemaligen Arbeitskollegen aus der Schule oder anderen aus der Nachbarschaft. Er besuchte seine Verwandten und Freunde nicht mehr und ließ auch niemanden mehr zu sich. Sogar den Postboten hatte er vergrault und musste sich nun von Cassie jede Woche eine Zeitung aus dem Supermarkt mitbringen lassen, weil sich der Mann weigerte, ihn noch einmal zu beliefern. Keiner konnte ihn leiden. Das ließ Alfred die ganze Welt hassen. Seine Ruth war sein Leben gewesen und ohne sie war ihm nichts mehr wichtig.

Der Alte atmete tief durch. Schon wieder diese schmerzlichen Erinnerungen hoch wühlen, schaffte er nicht. Also trottete er an Cassie vorbei und pflanzte sich in den zerfledderten Sessel neben dem Wohnzimmertisch.

Nachdenklich folgte ihm seine Enkelin und griff nach seinen Händen. Voller Zuversicht und Wärme sprach sie auf ihn ein. »Du bist so blass geworden, Großvater. Dein Körper benötigt dringend Sonne. Die würde dein Herz bestimmt erwärmen. Frische Luft würde dir auch guttun und dein Immunsystem stärken. Ich sehe doch jeden Tag auf der Arbeit, was es mit euch Älteren macht, wenn man euch sich selbst überlässt. Das kann nicht gesund sein und es tut mir in der Seele weh, wenn du allein bleibst.«

»Ich bin gerne allein«, polterte er zurück und drehte den Kopf zur Seite.

Schmunzelnd verzog sie den Mund. »Ach wirklich? Denkst du nicht, ich sehe es nicht, wenn du die Leute hinter der Gardine beobachtest? Insgeheim willst du doch an ihrem Leben teilnehmen. Du weißt nur nicht, wie du das machen musst.«

Ertappt sah er sie an. Dann stand er wieder auf und sagte: »Ich schaue nur raus, um zu gucken, ob mir jemand den Rasen zerlatscht. Ich kann es nicht leiden, wenn sie über das Gras laufen. Die anderen interessieren mich nicht.«

Das ließ Cassie nicht gelten. »Ich glaube dir kein Wort. Ich weiß nämlich, wie gerne du dir die Welt ansiehst«, konterte sie mutig.

»Früher einmal. Jetzt ist das anders. Jetzt ist mir die Welt egal! Sie kann mir gestohlen bleiben.«

»Ach, und ich wohl auch?«, fragte sie geschickt. »Denn ich gehöre zu dieser Welt, Großvater. Also gib ihr eine Chance und sieh sie dir an. Du hast eine Menge verpasst, das kannst du mir glauben. Die Nachbarn fragen dauernd nach dir und würden dich so gerne wiedersehen. Wenn du nur nicht so … so *du* wärst, könntest du auch wieder Spaß haben. Das wünsche ich dir von ganzem Herzen. Dass du mit uns allen lachen kannst und wieder an der Gesellschaft teilnimmst. Denn Grummel mag niemand! Lass dir das gesagt sein!«

»Ich bin gerne so, wie ich bin.« Da ließ er nicht an sich rütteln. »Und wenn ihr das nicht akzeptieren könnt, ist das nicht mein Problem.«

»Großmutter hätte gewollt, dass du dein Leben weiter-lebst.«

Oh!

Da hatte sie ja ein Thema angefangen, denn sofort zischte Alfred los. »Deine Großmutter ist tot und was die anderen wollen, ist mir einerlei. Die sollen mich alle in Ruhe lassen! Ich mag mein neues Ich!«

Cassie schossen Tränen in die Augen. Ihr schnitt es ins Herz, was aus ihrem lieben Verwandten in den letzten zwei Jahren geworden war. Den Kloß im Hals schluckte sie tapfer hinunter, nickte ihm zu und wies dann auf den Kühlschrank. »Ich habe dir neue Lebensmittel hinein-getan. Denk bitte daran, die alten zuerst zu verbrauchen und lass die Tür nicht wieder offen, sonst wird alles schlecht. Ich komme am Sonntag wieder. Ich habe am Samstag Dienst und muss mich um die Demenzkranken kümmern. Gott sei Dank, ist das etwas, über das du dir noch keine Gedanken machen musst, obwohl ich es mir manchmal wünsche.«

Mit großen Augen sah er sie an.

Dann eilte Cassie hinaus, Tränen in den Augenwinkeln und ließ ihn allein. Kein Wort des Abschieds, kein weiterer Blick.

Alfreds Herz krampfte.

Ein Schritt zu weit!

Doris sah genau, wie Cassie mit nassen Augen nach dem Griff ihrer Autotür fasste, um schnellstmöglich das Weite zu suchen.

›Hat er sie auch noch vergrault?‹, dachte sie sich, während die junge Frau vom Hof fuhr.

Die freundliche, alte Dame von gegenüber ließ kurz von ihren wunderschönen Blumen ab und blickte dann auf das Fenster im hinteren Bereich. Alfreds Wohnzimmerfenster. Er stand wieder da und schaute hinaus. So wie er das immer tat, seit seine Frau gestorben war. Hinaus in die Welt starren, ohne sie zu betreten und seine Wut über den Verlust seiner geliebten Ruth an den anderen auszulassen. Doris griff sich an die Brust und musste unweigerlich an früher denken. An die Zeit, bevor Alfred Snow zu dem wurde, was er jetzt war.

Verbittert. Allein. Garstig.

Ein Griesgram, wie er im Buche stand.

Dabei hatte Doris Ruth immer für ihren Mann bewundert, denn eigentlich war Alfred ganz anders gewesen. Die Menschen hier in Lovelane hatten ihn als zuvorkommend und freundlich in Erinnerung. Doris ebenso. Alfred war bei jedermann beliebt gewesen, ist stets gepflegt aufgetreten und hatte als zuverlässig und pünktlich gegolten. Auch mit Ruth war er immer unglaublich liebevoll umgegangen. Gerade das hatte Doris stets an den beiden geliebt. Sie erinnerte sich genau daran, wie er Ruth immer sanft über den Rücken gestrichen hatte, wenn ihr das Kreuz von der Arbeit im eigenen Vorgarten wehgetan hatte oder sie etwas anderes quälte. Ganz herzlich hatte er sie dann zu sich gebeten und gemeint, alles würde wieder gut. Das bekämen sie schon hin. Hach, wie hatte sie Ruth damals um ihn beneidet. Einen solch guten Kerl, der einem jeden Wunsch von den Augen ablas, mit Kindern gut umgehen konnte und überall Ansehen genoss. Seine Kollegen hatten ihn hoch geschätzt, die Familie war gern vorbeigekommen und hatte am gemeinsamen Essen teilgenommen. Alles war so harmonisch gewesen, bis ...

Doris biss sich auf die Lippe, denn an diese Zeit dachte wohl kaum einer aus Lovelane gern zurück. Alle hatten schließlich mitbekommen, was mit Alfred Snow passierte, nachdem seine Frau so grauenvoll entschwunden war. *Bedauerliches Unglück* hatten es die Ärzte genannt. *Unverzeihlich* waren Alfreds Worte gewesen.

Die Szenen der Beerdigung blitzten realistisch vor Doris auf. Ebenso wie die vielen Fakten über die herzensgute Nachbarin, die sie selbst kannte und zusätzlich auf der Abschiedsfeier erfuhr.

Alle standen in Grüppchen im Aufenthaltsraum des Beerdigungsinstituts umher, sprachen miteinander über den Vorfall und versuchten so, ihre Erinnerungen an Ruth miteinander auszutauschen.

Doris grüßte die Anwesenden mit einem stummen Blick und schlängelte sich an ihnen vorbei. Sie steuerte Dahlia an, Ruths Tochter, um ihr Beileid auszusprechen und bekam sogleich ein paar Gesprächsfetzen mit.

»Mutti litt seit Kindertagen an Kreislaufproblemen«, hörte Doris Dahlia sagen. Sie wischte sich tapfer eine Träne aus den Augenwinkeln. »Mit zunehmendem Alter kamen Herzrasen und Atemnot dazu. Die Ärzte meinten, sie sei zu dünn und habe zu niedrigen Blutdruck. Da sei dies normal. Also gaben sie ihr kreislaufstärkende Mittel. Eines Tages halfen sie scheinbar nicht mehr und es wurde so schlimm, dass sie nicht mehr auf Arbeit gehen konnte. Dann fiel sie um. Vati brachte sie zwar umgehend ins nahegelegene Krankenhaus, doch …«

Sie brach ab und erntete ein Nicken ihrer Freundin. Die drückte ihr stärkend die Schultern und schaute zu den Anwesenden. »Wir wissen, Liebes. Welch ein Unglücksfall! Lass uns doch an die frische Luft gehen, ja?«

Die beiden gingen nach draußen. Doris schaute ihnen nach und hörte, wie Dahlia weinte. Sie seufzte. »Oh ja, welch Unglücksfall!«

Bürgermeister Klein stimmte ihr zu. »Allerdings, auch wenn niemand mit dieser Grippewelle rechnen konnte, die fast das gesamte Personal lahmlegte. Den Großteil von Lovelane hatte es erwischt. Kein Wunder, dass die wenigen verbliebenen Ärzte und Pfleger hoffnungslos mit Ruths Fall überfordert waren. Das kann man ihnen nicht einmal vorwerfen.«

»Das EKG soll nichts Ernstes angezeigt haben«, ergänzte Doris dazu. »Ich hörte, man habe sie heimgeschickt?«

Bürgermeister Klein nickte. »Sie solle mehr trinken, sagte man Alfred. Und sie solle regelmäßig essen. Alte Leute vergessen dies oft. Wer hätte den ahnen können, dass so etwas passiert? Wer hätte gedacht, dass sie in der Nacht erneute Probleme bekommt und sogar einen Herzinfarkt erleidet?« Er schüttelte betroffen den Kopf und nahm sich eines der Gläser von einem der Beistelltische. Sein Mund war trocken geworden.

Doris hörte, wie er sich räusperte und wusste, worauf er hinauswollte. Ruth verstarb noch mitten im Haus. Genau dort, wo Alfred die folgenden Tage immer aus dem Fenster schaute. Im Wohnzimmer.

Der Bürgermeister sah sie wieder an. »Die Obduktion ergab, dass sie wohl eine Herzschwäche hatte. Unentdeckt und vermutlich seit der Kindheit. So zart, wie sie gebaut war, fiel das den Ärzten nicht auf. Behandlungsfehler. Das kann jedem passieren.«

Doris atmete durch, denn Bürgermeister Klein hatte damals recht gehabt. Es *konnte* jedem passieren, geschah aber Ruth Snow. Dass sich die Ärzte noch heute dafür entschuldigten, brachte Alfred wenig.

Ruth hatte verloren und er blieb zurück.

Das riss nicht nur ihm den Boden unter den Füßen weg, sondern allen hier in Lovelane. Denn Ruth war überall beliebt gewesen. Auch Doris litt noch heute, wenn sie Alfred sah. Ein solches Ende wünschte man wahrlich keinem.

Der alte Snow begann daraufhin, die Ärzte zu hassen. Dann verklagte er das Krankenhaus, gewann aber nicht, und schließlich wurde jeder zum Feind, der um ihn herum existierte. Jeder Kollege, jeder Freund und jeder Verwandte. Auch die Stadt mit all ihren Einwohnern. Sein Sohn Christopher wollte ihn aus dem Haus haben, weil er sich nicht vorstellen konnte, freiwillig in einem Todeshaus wohnen zu wollen, doch Alfred sah das anders. Immerhin war dort der einzige Ort, an dem er seiner geliebten Ruth noch immer nah sein konnte. Den wollte er sich nicht nehmen lassen. Deswegen gab es letzten Sommer mit Christopher Streit, denn das Haus hatte Schulden und musste bezahlt werden. Seitdem herrschte Funkstille. Cassie war die Einzige, die Alfred Snow geblieben war und das vermutlich nur aus dem Grund, weil sie in der Pflege arbeitete und oft genug das Leid der Alten in der hiesigen Seniorenresidenz hatte sehen müssen. So etwas wollte die Gute sicherlich nicht für ihren eigenen Großvater.

Schnaufend zog Doris ihre Handschuhe aus, sah ein letztes Mal auf ihr buntes Blumenbeet und ging dann hinein, um sich einen Tee aufzugießen. Der Wind wurde kühler und würde bald die ersten Lieblinge eingehen lassen. Sie musste die gute Stimmung nutzen, solange ihr die Sonne blieb. Außerdem hatte ihr Jeremy eine Nachricht auf den Anrufbeantworter gesprochen. Ihr Enkel wollte vorbeikommen. Auf den freute sie sich ganz besonders, denn Jeremy war ihr von allen am liebsten. Noch dazu, wo er es endlich geschafft hatte, sich von Bethany zu trennen. Die hatte Doris von Anfang an nicht leiden können, weil Bethany ihren Enkel nur ausnutzte. Obendrein nahm sie Drogen und davon hielt sie gar nichts.

Überglücklich schaute Doris ihre Kataloge auf der Kommode durch und fand ein paar neue Rezeptideen. Die konnte sie gleich ausprobieren, bevor Jeremy eintrudelte. Der liebte es nämlich, bekocht zu werden, weil er selbst nicht kochen konnte.

›Wenn er nur mal jemanden wie Cassie finden würde‹, schwärmte Doris insgeheim. ›Die ist immer so nett und bodenständig. So ehrlich und herzlich. Viel zu gut für diese Welt. Eine Frau, die bestimmt nicht sein Konto leerräumt, um Marihuana zu kaufen.‹ Die alte Dame schüttelte abwertend mit dem Kopf und summte eine Melodie. Dann pflanzte sie sich auf den verglasten Balkon in die Sonne, nahm eine der Zeitschriften und blätterte sie durch, während sie sporadisch aus den Fenstern starrte. Hier konnte sie die perfekte Ruhe finden.

Plötzlich hielt Doris inne. Auf der anderen Seite der Straße beim Snow sah sie zwei Kinder mit einem Ball spielen. Als der versehentlich auf seinem Rasen landete und die Jungs ihn holen wollten, ging das Fenster auf.

»Verschwindet ja von meinem Rasen, ihr Bengel!«, brüllte er den beiden Knirpsen zu.

Doris zuckte zusammen. Was waren das denn für Manieren? Kaum versuchten die Kinder, den Ball zu sich zu holen, griff er doch tatsächlich nach einem Gegenstand von drinnen und schmiss ihn den Jungs einfach nach. Entsetzt stand sie auf.

»Jetzt reicht es aber!«, bestimmte sie in hartem Ton und eilte aus der halb offenen Balkontür. Eines der Kinder rieb sich den Kopf. Er musste es getroffen haben. Für Doris war hier das Maß der Dinge voll. Die alte Dame sprintete über das eigene Gras, dass sie fast ausgerutscht wäre. Dann schrie sie zu Snow: »Lass ja die Jungs in Ruhe! Wehe, du tust ihnen noch einmal weh!« Hurtig flitzte sie in seine Richtung.

Alfred sah sie verdattert an. Dann verzog er mürrisch die Miene. »Die trampeln mir meinen Rasen kaputt.«

»Sie haben ihren Ball holen wollen«, wies sie auf das blaue Spielzeug und griff danach, um es den Kindern zu reichen. »Du elender Griesgram! Solltest dich schämen, Sachen auf Kinder zu schmeißen!« Als sie sich bückte, erkannte sie, dass es ein Schuh war, den er geworfen hatte. Nicht einen der saubersten, aber wohl einen der härtesten, denn seine Sohle war recht straff. Der kleine Junge neben Doris schniefte. Er schien kaum älter als acht zu sein. Sofort kam sie auf ihn zu und fasste nach der getroffenen Stelle. »Er wird eine Riesenbeule davon kriegen.«

»Na hoffentlich! Das wird ihm eine Lehre sein, sich in Zukunft von meinem Grundstück fernzuhalten. Und nun sieh zu, dass du alte Schachtel ebenfalls vom Gras runterkommst!«

Wie war das? Alte Schachtel?

Doris platzte fast der Kragen. Wutgeladen stemmte sie die Hände in die Seite und erwiderte: »Noch so etwas und ich hole die Polizei! Wollen doch mal sehen, wem sie mehr Gehör schenken. Einem verbitterten Grinch wie dir oder mir und der Beule des Kleinen.« Ohne Vorwarnung packte sie den Schuh und schleuderte ihn zurück auf Alfred. Er bekam ihn fast an die Schulter und musste ausweichen. Entsetzt sah er sie an. Doris nahm unterdessen schon die Buben an die Hand, sprach beruhigend auf sie ein und brachte sie in ihr eigenes Haus.

Drinnen angekommen, erkannte sie endlich den getroffenen Jungen und beugte sich zu ihm. Besorgt fragte sie: »Bist du nicht der kleine Stephen Holland?«

Er nickte sie an, als sie zum Telefon zeigte.

»Ich kenne deine Eltern und werde sie gleich anrufen, damit sie dich abholen. Snow kann sich auf eine Anzeige gefasst machen.«

Der Junge bedankte sich, traute sich mit seinem Freund aber kaum, einen Schritt in Doris' Wohnung zu machen. Er war sichtlich verängstigt und wollte nicht noch mehr Ärger anrichten.

Kaum hatte Doris seine Eltern erreicht, bemerkte sie seinen unsicheren Blick und kriegte ein wenig Herzstechen. »Oh, du Armer!« Wie eine Mutti ging sie auf ihn zu und fuhr ihm übers Köpfchen. »Vor mir brauchst du wirklich keine Angst zu haben«, beruhigte sie das Kind.

Mit Tränen in den Augen berichtete der Kleine von seinem Erlebnis. Immer wieder nickte Doris ihm zu und wies dann freundlich in Richtung Küche. »Wollen wir nicht etwas Eis draufmachen? Ich habe auch eine Limo da. Ihr habt sicher Durst?« Die zwei Kinder freuten sich und vergaßen schnell das schlimme Ereignis. Nur Doris, die würde das sicherlich nicht so schnell vergessen können. Das war eindeutig ein Schritt zu weit!

Verkupplungsgedanke

»Was hast du nun schon wieder angestellt?« Cassie wusste gar nicht, wie ihr geschah, als sie einen Anruf von der Polizei erhielt. Ihr Großvater habe ein Kind verletzt und die Eltern erstatteten daraufhin Anzeige. Mit hochrotem Kopf polterte sie durch Alfreds Tür. »Kann man dich nicht mal einen Tag allein lassen?« Eigentlich hatte sie gar keine Zeit, sich um dieses Dilemma zu kümmern. Im Heim häufte sich Arbeit an, enorme Arbeit, denn viele der Pfleger und Ärzte hatten wegen der Schulferien Urlaub genommen.

»Die haben mir den Rasen zertreten wegen ihres dämlichen Ballspieles«, keifte der Alte zurück.

»Großvater, das sind Kinder!«, tadelte sie ihn. »Kinder spielen nun mal Ball, wenn das Wetter dazu passt. Gerade du solltest das doch wissen als ehemaliger Lehrer. Immerhin hast du dich jahrelang um die Kinder dieser Stadt gekümmert und versucht, ihnen etwas beizubringen.«

»Ja, genau. Versucht!«, ging er sogleich darauf ein. »Und wie du unschwer erkennen kannst, hat es nichts gebracht. Sie zerstören anderer Leute Eigentum.«

Als habe sie Kopfschmerzen, rieb sich Cassie die Stirn. »Wo bitte haben sie denn dein Eigentum zerstört? Sie haben Ball gespielt.«

»Und den Rasen zertreten, auf dem Ruth immer ihre Blumen angepflanzt hat, um sie in der Nachbarschaft anzupreisen und dafür Wettbewerbe zu gewinnen.« Alfred schlurfte durch den Flur. »Alles nehmen sie mir weg. Meine Frau, meine Rechte, meinen Job. Alles machen sie mir kaputt und wollen mich vertreiben, dabei habe ich jahrelang alles für diese Kleinstadt getan.«

Langsam begriff Cassie, was hier los war. Traurig sah sie ihn an und schüttelte ihr Haupt. »Niemand will dir etwas wegnehmen, Großvater. Und es will dir auch niemand etwas kaputtmachen. Das war nur ein dummer Unfall.«

»Aus dem der Bengel hoffentlich seine Lehren zieht!«, maulte er zurück. Dass Cassie nicht von der Sache mit dem Ball gesprochen hatte, sondern eigentlich den Tod ihrer Großmutter meinte, schien Alfred nicht zu verstehen.

Sie schluckte betroffen. Ganz ernst und sachlich fragte sie: »Willst du nicht doch darüber nachdenken, zu mir ins Heim zu kommen? Ich könnte dich viel öfter besuchen und mich jeden Tag besser um dich kümmern. Dort sind Leute in deinem Alter, mit denen du Karten spielen oder einfach nur durch den Park laufen kannst. Es würde dir sicherlich gefallen. Wir haben so viele Dinge verändert, seit die Residenz gegründet wurde.«

Entsetzt sah er sie an. »Willst du mich etwa auch aus dem Haus verjagen? Das hat dein Onkel Christopher schon versucht und ist kläglich dabei gescheitert. Ich dachte, ich sei dir wichtig?«

»Das bist du doch auch!«, betonte Cassie. Auf einmal fühlte sich die junge Frau grauenvoll. Mit erhobenen Händen verdeutlichte sie ihrem geliebten Verwandten die Umstände. »Niemand will dich abschieben, nur weil wir dir das Heim anbieten. Das Haus hier ist nur zu groß für dich ganz allein und du siehst doch, was passiert, wenn ich nicht da bin. Schon hast du eine Anzeige am Hals.«

»Die ich gerne erwidere, indem ich den Bengel und seine Eltern verklage, einfach so über meinen Rasen zu latschen.«

Nun reichte es Cassie aber! Sie begann, zu diskutieren. Er könne nicht jeden seiner Fehler auf die anderen abwälzen und so tun, als hätten die etwas verbrochen.

Verletzt drehte Alfred den Spieß um. »Ach nein? Aber wenn ich sie auf einen Fehler hinweise und um mein Recht kämpfe, dann dürfen die das, oder wie? Jeder denkt, dass er mit mir umspringen kann, wie er will. Aber die werden mich noch kennenlernen.« Da ließ er nicht locker und war drauf und dran, es der Stadt heimzuzahlen.

Während er schimpfend durch sein Haus tigerte, starrte Cassie zur Wohnzimmerdecke empor und wünschte sich ein Wunder herbei. Denn ihr Großvater brauchte dringend ein anderes Bild mit anderen Leuten um sich herum. Jemanden, der ihn auf neue Gedanken brachte. Einen Freund oder eine Frau. Er musste gar nichts Intimes mit ihr anfangen, aber wäre es nicht schön, wenn er jemanden hätte, mit dem er reden könnte, um seine Ängste und Sorgen zu teilen? Jemanden außer ihr?

Sie schnaufte und versuchte, sich dann wieder der Sache mit der Anzeige zu widmen. Eindringlich warnte sie Alfred, nicht noch etwas Dummes zu tun. Sie wollte selbst zur Polizei gehen und versuchen, die Wogen zu glätten. Eine Anzeige war nämlich das Letzte, was er in dieser Stadt brauchte.

Bevor der Alte noch etwas sagen konnte, war sie schon aus der Tür und im Eiltempo Richtung Stadtzentrum unterwegs. Wie durch ein Wunder traf sie sogar die Hollands auf der Polizeistation und begann sich sogleich zu entschuldigen.

»Er hat niemandem schaden wollen«, beteuerte Cassie gegenüber Stephens Eltern. »Er ist nur seit dem Tod meiner Großmutter so verbittert geworden und sauer auf jeden, den er trifft.«

Man lächelte sie an. Die Geschichte kannten hier alle. Dennoch fanden es die Hollands nicht in Ordnung, dass er ihren Jungen mit Schuhen bewarf.

»Ich werde mich darum kümmern«, versprach Cassie den Eltern. »Nur, bitte, nehmen Sie die Anzeige zurück. Sollten Ihnen Kosten entstanden sein, komme ich persönlich dafür auf.«

Der Vater von Stephen wehrte ab. »Er hat nur eine Beule und einen Schrecken bekommen, aber weitergehen kann es so nicht!« Das machte er deutlich und Cassie wusste, dass er recht hatte.

Nachdem die Hollands gegangen waren, stapfte ein Polizist in ihre Richtung. Er hatte geduldig an der Seite gewartet, bis Cassie das Gespräch mit Stephens Eltern beendet hatte. »Sie werden die Anzeige zurücknehmen, Cassie, aber vielleicht solltest du noch einmal mit deinem Großvater reden und ihn überzeugen, ins Heim zu gehen? Ich denke, dort ist er besser aufgehoben.« Er musterte die junge Frau von oben bis unten. Es war Bill.

Dankbar nickte Cassie ihn an. Sie kannte Bill schon seit ihren Kindertagen. Er war ein Klassenkamerad ihres Vaters gewesen und stets zu Versöhnungen bereit. Sie konnte froh sein, so viele gute Kontakte in der Stadt zu haben, denn nicht jeder in Lovelane hatte Verständnis für Alfred Snows Lage. Schließlich passierten überall ständig schlimme Dinge und das auch sehr oft Menschen, die nichts dafür konnten. Aber die wenigsten ließen es an anderen aus, so wie ihr Großvater.

Gereizt und gefrustet fuhr sie in ein Café, bestellte sich einen Kaffee und lud ihre Freundin Andrea zu einem Gespräch ein. Innerlich bat sie mehr darum, einen Rat zu erhalten, denn Andrea war Anwältin und Cassie nach dieser Sache bereit, einen größeren Schritt zu wagen. »Einen, der Großvater gar nicht gefallen könnte«, brummte sie in sich.

Andrea sah sie freundlich an, nahm Platz und bestellte Kuchen. Anschließend fragte sie: »Und, soll ich dir wieder die Steuererklärung machen?« Das tat sie nämlich noch nebenbei, weil der Freundin oft keine Zeit blieb.

33

Cassie verneinte traurig. »Ich brauche deinen Rat.« Dann berichtete sie vom Vorfall und wartete geduldig ab.

Andrea rührte in ihrem Tee, die Lippen warnend verzogen. »Ich sagte dir ja schon nach dem Vorfall mit dem Briefträger, dass es nicht besser mit ihm werden würde. Dein Großvater ist eindeutig gewalttätig geworden und wenn er beginnt, anderen Leuten zu schaden – was hier mit dem Wurf des Schuhes ja passierte – kann das harte Konsequenzen für ihn haben. Und leider muss ich sagen, die müssen auch sein. Was, wenn er das nächste Mal einen spitzen Gegenstand erwischt und zufällig ein Auge trifft?«

Cassie vergrub das Gesicht in den Händen. »Großer Gott, ich weiß! Aber was soll ich denn machen? Er hat niemanden mehr außer mir und ist immer so allein.«

»Alfred hat dir nicht umsonst all seine Rechte übertragen. Dein Großvater vertraut dir und du bist laut Vollmacht befugt, Entscheidungen für ihn zu treffen, auch wenn er das selbst vielleicht missbilligt. Leute zu verletzen, geht schließlich zu weit. Was, wenn er mal ins Gefängnis muss?«

Sie horchte auf, denn so weit wollte Cassie gar nicht vorausschauen. »Er wird sich hintergangen fühlen, wenn ich ihn einfach einweisen lasse. Das ist doch sein Haus und alles an Erinnerung, was ihm noch verblieben ist. Ich glaube, das wäre ein Fehler.«

»Es wäre ein Fehler, ihn gewähren zu lassen«, gab Andrea zu bedenken. »Denn dann glaubt er, er kann so weitermachen und muss nichts befürchten. Doch das geht nicht, schließlich müssen die Rechte von allen gewahrt werden. Nicht nur seine!«

Sie sahen sich an.

»Und was machen wir jetzt?«, wollte Cassie von ihr wissen und biss sich auf die Unterlippe. Ihren Großvater gegen dessen Willen ins Heim zu verfrachten, bescherte ihr schlaflose Nächte.

Zum Glück kam Andrea eine ganz andere Idee und die Freundin schlug stattdessen vor: »Wir könnten ihm sagen, dass die Anzeige zurückgezogen wird, aber nur unter der Bedingung, dass er an einem Anti-Aggressions-Training teilnimmt und Sozialstunden leistet. Die könnte er zum Beispiel in einer familiären Einrichtung machen.«

Cassie sah sie mit großen Augen an.

»Dein Großvater war doch mal Lehrer und er war gut darin. Wir haben Behindertenheime und Kindergärten, in denen er mit den Bedürfnissen von anderen Menschen konfrontiert werden würde. So könnte er sich wieder in die Gesellschaft integrieren und wäre raus aus seinem Alltagstrott.«

Das klang hervorragend. Cassie war begeistert.

»Aber verklickern musst du ihm das selber«, erinnerte sie Andrea. »Denn ich weiß nicht, ob ich ein Anklageschreiben herzaubern kann. Wenn er das verlangt, sind wir im Arsch! Die Anzeige wurde schließlich zurückgezogen.«

»Das krieg ich schon irgendwie hin.« Da war sich Cassie ganz sicher. »So sieht er, dass es auch noch andere Dinge gibt und wie schön es sein kann, einander zu helfen.«

»Und du musst selbst einen Platz finden, der auch bereit ist, ihn zu nehmen.«

Schon kam es zum nächsten Problem. Die junge Frau schnaufte. »Oh Gott! Wer will ihn schon haben? Jeder kennt doch seine Launen.«

Unweigerlich musste Andrea grinsen, denn Alfred Snows Eskapaden erlangten in ihrer Kleinstadt fast schon eine Starbekanntheit. »Wenn du keine soziale Einrichtung finden kannst, die bereit ist, ihn aufzunehmen, wäre ein Tierheim auch eine Option. Hatte er nicht mal einen Hund? So würde er lernen, sich um jemanden zu kümmern.«

»Asterix, ja«, antwortete Cassie darauf. »Aber er starb, als ich noch klein war und ob mein Großvater jetzt noch die Geduld hat, einen Hund an sich zu gewöhnen, das weiß ich gar nicht mehr. Das meiste hatte er damals meiner Großmutter zuliebe gemacht. Sie hat ihm geholfen, ein guter Mensch zu sein und jetzt, wo sie tot ist, geht alles zugrunde.« Deprimiert fiel ihr Kopf auf den Tisch. »Wenn er sich doch einfach nur neu verlieben könnte, … Das wäre so schön!«

Andrea lachte sie an, nachdem der letzte Bissen vom Kuchen in ihrem Mund verschwunden war. »Wer würde so einen Griesgram denn freiwillig nehmen?«

»Jemand, der innerlich ruhig und ausgeglichen ist und nicht davor zurückschreckt, auch mal Paroli zu bieten. Denn ich denke, das braucht er. Es muss eine Frau sein, die ihn fördert und fordert und sie sollte natürlich noch frei sein.«

»Wo willst du hier denn so eine finden? Da wäre es besser, er würde umziehen und gleich von vorn anfangen. Dann könnten ihn die Leute zumindest ohne Vorurteile bewerten.«

Da hatte sie allerdings recht, denn wo bitte wollte Cassie eine zweite Ruth in Lovelane finden – der Stadt, in der sie wohnten? Eine Frau, die Ruths angenehme Art an sich hatte, etwa im Alter ihres Großvaters war und am besten noch gerne rausging, damit er mal wieder in die Natur kam? Auf einmal hatte sie einen Geistesblitz und musste an Alfreds Nachbarschaft denken. Was war denn mit dieser Forrester? Die, die gegenüber wohnte und mit ihrer Großmutter früher befreundet war? Waren die zwei Frauen nicht sogar im gleichen Alter gewesen?

Cassie begann nachzudenken und runzelte die Stirn.

»Oh je!«, kam es von der anderen Seite. Andrea kannte diesen Gesichtsausdruck nur allzu gut. »Was schwirrt dir nun schon wieder im Kopf herum?«

»Sag mal, ist Doris Forrester eigentlich verheiratet?«

Die Freundin verneinte. Sie habe ihren damaligen Mann davongejagt, weil der nur Probleme mit sich brachte. »Er soll ständig Geld gebraucht haben und hat wohl auch gelogen. Ob es Affären gab, weiß ich nicht, aber manchmal höre ich das Munkeln.«

»Hmm? Meine Großmutter und sie hatten sich prima verstanden und erstaunlich viele Gemeinsamkeiten. Sie wohnt gegenüber und mag Blumen sehr gerne. Die beiden hatten immer aus Spaß konkurriert. Ich weiß noch, wie fröhlich mein Großvater gewesen war, wenn sie sich mal getroffen und gemeinsam den Abend verbracht hatten.«

Andrea verstand. »Sag mir nicht, du willst sie verkuppeln?«

Cassie zuckte ratlos die Schultern. »Warum denn nicht? Sie kennen sich schließlich schon und Frau Forrester meinen Großvater auch, bevor er so grummelig wurde. Vielleicht schafft sie es ja, ihn aus der Reserve zu locken? Sie scheint mir eine zu sein, die nicht so schnell aufgibt, immerhin hat sie es lange genug bei ihrem eigenen Mann versucht.«

»Ja, ihn aber am Ende dann doch übers Feld gescheucht.«

Das ließ Cassie nicht gelten, denn sie war Feuer und Flamme für diese Idee. Schon sprang die junge Frau auf. »Man kann es ja mal versuchen und wenn es nicht klappt, dann muss ich mir wenigstens nichts vorwerfen.« Schon sprach sie ein Danke und eilte davon.

Andrea blieb skeptisch zurück, denn ob dieser Verkupplungsgedanke so laufen würde, wie erwartet, wagte sie stark zu bezweifeln.

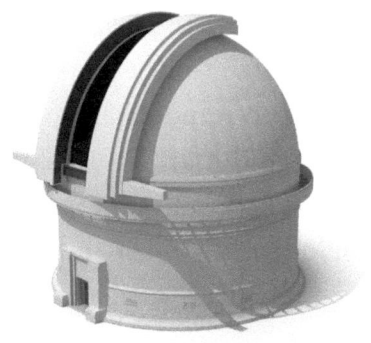

Zukunftsträume

»Oma Dori!«

»Jeremy!« Doris Forrester nahm ihren Enkel entzückt in die Arme, als er endlich vor ihrer Tür auftauchte.

Sofort prasselten Entschuldigungen auf sie nieder. »Es tut mir so wahnsinnig leid, mich verspätet zu haben«, beteuerte der junge Mann mit dem frechen, kurzen Haarschnitt. »Lloyd hat mich aufgehalten.«

»Ach, schon gut«, wehrte Doris ab und ließ Jeremy eintreten. Er zauberte sogar eine Schachtel Pralinen aus seiner Jackentasche. Es war ihre Lieblingssorte. Wie schön, dass er daran gedacht hatte. »Jetzt bist du ja da und das ist das Wichtigste.«

»Und ich bleibe auch etwas länger als angekündigt. Ich hoffe, das ist okay? Als kleine Wiedergutmachung.«

»Du kannst bleiben, solange du willst«, beteuerte sie und nahm das Geschenk. »Das Haus ist ohnehin viel zu groß, um allein drin zu wohnen.«

Jeremy hob verdächtig die Brauen, als er den Koffer in den Flur stellte, um seine Jacke aufzuhängen. »Und warum holst du dir dann nicht jemanden dazu … oder gibt es gar schon einen Kandidaten?«

Verzückt lachte sie ihn an. »Sei nicht verrückt. Wen sollte ich denn bitte kennengelernt haben?«

Er lächelte. »Hoffentlich einen guten Kerl, der dich zu würdigen weiß und nicht wieder um dein ganzes Erspartes betrügt.«

Doris sah ihn dankbar an. Dann drückte sie ihm einen Kuss auf die Wange und winkte ihn in den gläsernen Entspannungsbereich auf dem Balkon. »Ich habe uns etwas gebacken und das mit dem Kerl haken wir ab. Ich bin mittlerweile daran gewöhnt, es ohne jemanden an meiner Seite auszuhalten. In meinem Alter ist es ohnehin schwierig, neue Beziehungen aufzubauen.«

»Oma Dori!«, kam es belehrend. Jeremy legte den Kopf zur Seite. »Erstens bist du nicht alt und zweitens das liebste und reinste Wesen, das ich kenne. So jemand hat auf alle Fälle einen guten Kerl verdient. Und der wird auch kommen. Vertrau mir! Meist hat man ihn schon längst vor der Nase, ohne es zu bemerken.«

Sie schüttelte den Kopf, denn das sah sie natürlich ganz anders. Aber dem Enkel zuliebe wollte sie ihm diesen Traum gerne lassen.

Beide nahmen nebeneinander Platz. Jeremy fuhr sich durch die Haare und atmete durch. Endlich war er angekommen und konnte Energie tanken. Das hatte er vermisst.

Doris sah es ihm an. Dann fragte sie genauer: »So schlimm im Büro?« Sie kannte Jeremys Situation.

Ihr Enkel war der stellvertretende Leiter eines Reiseunternehmens, hatte ein gutes Dutzend Leute unter sich und in wenigen Jahren einen Aufstieg geschafft, von dem andere nur träumen konnten. Das verdiente enormen Respekt. Sie war so froh darüber, wie Jeremy sich entwickelt hatte. Zum Guten natürlich. Vor allem, als endlich die Sache mit Bethany geendet hatte.

»Nun ja«, begann er und rieb sich über die Stirn, »Du kennst ja meinen Chef Lloyd. Er ist nicht mehr der Jüngste und redet davon, seinen Ruhestand vorziehen zu wollen.«

Auf einmal machte sie große Augen und fasste ihm an den Arm. »Oh mein Gott! Heißt das, du wirst befördert?«

Jeremy nickte und legte zugleich den Finger an die Lippen. »Aber bitte sag es nicht Mutti und Vati. Es soll eine Überraschung werden. Lloyd lässt mich seit Wochen seine Arbeiten machen, damit ich schon mal in seine Position *hineinschnuppern* kann.« Er malte Gänsefüße in der Luft, als er *hineinschnuppern* sagte. Dann verdrehte er kurz die Augen. »Das ist ziemlich anstrengend. Meine Freizeit verringert sich auf wenige Stunden, aber das ist es mir wert, wenn ich im Leben etwas erreichen möchte.«

»Wie zum Beispiel nach Hawaii reisen?«, fragte Doris ihn ganz aufgeregt und erntete leuchtende Augen.

Die alte Dame wusste, wie sehr ihr Enkel die Sterne liebte und auf Hawaii gab es mitten im Pazifik, 4.200 Meter über dem Meer, auf dem Kraterrand des Vulkans Mauna

Kea ein Observatorium. Es hatte dreizehn Teleskope, mit deren Spiegeln und Schüsseln man den ganzen Himmel auseinandernehmen konnte. Berühmt war es für seine beiden gigantischen Keck-Teleskope mit ihren Zehn-Meter-Reflektoren. Diese gleichartigen Teleskope standen im Abstand von zwanzig Metern zueinander. Bis Juli 2007 stellten sie die größten optischen Teleskope der Welt dar und konnten auch gemeinsam als optisches Interferometer betrieben werden. Dies waren besondere technische Messgeräte, welche die Überlagerung von Wellen für Präzisionsmessungen nutzten. Jeremy wollte schon immer mal nach Hawaii reisen, um sich diese Besonderheit anzusehen, hatte es in der Vergangenheit trotz seines Vor-Ort-Sitzes in einem Reiseunternehmen jedoch nie geschafft, sich diesen Wunsch zu erfüllen.

Begeistert nickte er ihr zu. »Eine Reise nach Hawaii steht ganz oben auf meiner Liste. Neben dem Versuch, eine neue, nette Frau zu finden.« Den letzten Satz brabbelte er zwar recht leise vor sich hin, aber seine Großmutter hörte ihn trotzdem.

Doris verzog verschmitzt ihren Mund. »Wagst du dich etwa wieder in Wildgebiete?«

Bei diesem Vergleich musste er lachen. Mit einem Bein schräg über dem anderen entgegnete Jeremy amüsiert: »Nein, aber ich habe es langsam satt, von meinen Freunden andauernd verkuppelt zu werden. Ich weiß nicht, wie viele Freundinnen von Freundinnen ich in den letzten Wochen seit der Trennung von Bethany ausprobieren musste. Ganz ehrlich? Es nervt mich riesig. Es wäre so schön, wieder neben jemandem aufzuwachen, ohne von einer Frau zur nächsten rennen zu müssen, schließlich werde ich auch nicht jünger.«

»Ach, nun komm schon«, wehrte Doris ab und sah Jeremy mit zusammengekniffenen Augen an. »Du hast doch noch das ganze Leben vor dir, mein Lieber. Dein Dreißigster kommt nächstes Jahr erst noch.«

»Deswegen ja«, ging er sogleich darauf ein und rückte näher an den Tisch. »Ich habe mir nämlich vorgenommen, bis dahin nach Hawaii zu reisen. Am besten natürlich mit jemandem zusammen, aber das kann ich mir schlecht aussuchen. Solch ein Treffer liegt vermutlich in den Sternen.«

Sein Wortwitz kam an. »Sei nicht immer so pessimistisch, Jeremy.«

»Was denn?«, hob er verteidigend seine Hände. »Zuerst lass ich mich auf Estelle ein und erfahre hinterher, dass sie bereits verlobt ist, obwohl wir da schon seit über einem Jahr zusammen sind. Dann treff ich auf Susann, die mich vor dem Altar stehen lässt …«

»Da warst du noch viel zu jung«, erinnerte Doris ihn mitfühlend. »Das wäre in jedem Fall nicht gut aus-gegangen.«

»… und zum Schluss gerate ich an Bethany, die ähnlich wie Großvater nur an meiner Kohle interessiert ist, mir das Konto leerräumt und vom Drogenreichtum träumt. Ich bin verflucht!«

»Jeremy! Das stimmt doch gar nicht.«

»Vielleicht sollte ich es mit Männern versuchen?«

Doris verschluckte sich fast an ihrem Tee und hustete nach vorne. »Gott bewahre! … Nicht, dass ich damit ein Problem hätte – das weißt du – aber das wäre echt so schade.« Sie verzog ihr Gesicht und strich ihm die Wange entlang. »Du bist so ein attraktiver Bursche. Ich erinnere mich genau, wie dir die Mädels in der Schule immer nachrannten.«

Nun stützte er das Kinn auf seiner Hand ab und malte eine Linie auf dem Tisch. Jeremy war in Gedanken. »Vielleicht ist das ja genau mein Problem und ich sehe einfach zu gut aus und ziehe daher die falschen Personen an?«

»Jetzt hör aber auf!«, konterte Doris. »Und darum willst du was? Dein Gesicht zerschneiden lassen oder dir die Haare bunt einfärben? Die Richtige wird schon noch kommen.«

»Ich weiß, nachdem ich hundert falsche durchhatte.« Jeremy war nach dem letzten Desaster wenig optimistisch. Schnaufend sah er in das liebende Gesicht seiner Großmutter und atmete durch. »Hören wir auf, von mir zu reden und wechseln zurück zu dir. Wie geht es dir denn sonst so? Dein Garten sieht wieder mal hervorragend aus. Deine Nachbarn sind bestimmt neidisch.« Er nahm einen Schluck von seinem Getränk und genoss den Kuchen in wenigen Bissen. Er hielt ihr zwei Daumen nach oben. »Wenn das mit den Blumen nichts mehr wird, wechselst du ins Backgeschäft. Ich kenne echt niemanden, der solche Delikatessen drauf hat wie du. Du hättest Konditor werden sollen.«

Doris lachte ihn an und war wieder mitten in ihrer Welt. Das hatte sie so vermisst, denn Jeremy wohnte 600 Kilometer entfernt und kam daher nur alle paar Monate mal bei ihr vorbei. Sie nahm ihm das auch nicht übel. Im Gegenteil, Doris ermutigte den Enkel ja geradezu, sich ein eigenes Familienleben aufzubauen. Doch immer, wenn sie damit ankam, konterte Jeremy, dass sie dazu gehöre und er sich eine Familie ohne seine Oma nicht vorstellen könnte. In seinen Augen war sie seine Mutter, weil seine eigene fast nie Zeit für ihn gehabt hatte.

Gerührt von dieser Offenbarung drückte Doris ihm einen Kuss auf die Hand. Bis in den Abend hinein tauschten sie Neuigkeiten aus. Sogar die Sache mit Alfred Snow sprach Doris an und wie sehr er mit seinem Verhalten die ganze Stadt in Aufruhr versetzte.

Jeremy horchte auf. »Das klingt irgendwie traurig. Wie lange war er denn mit dieser Ruth zusammen, bevor sie starb?«

Da musste sie nachdenken und erinnerte sich an ein Gespräch mit der Verstorbenen. »Seit der Schulzeit, glaube ich. Ruth erwähnte einst, mit siebzehn schwanger geworden zu sein. Das war ihr Sohn Christopher. Sie und Alfred hätten dann einander geheiratet und nie jemand anderen gehabt.«

Jeremy seufzte. »Gott ist das schön! Dann hat er sein ganzes Leben lang mit einer einzigen Person verbracht und ist so sehr von dieser geliebt worden, dass er an keinem anderen Interesse hatte.« Er lehnte sich zurück und hatte insgeheim den Wunsch, mit Alfred Snow tauschen zu dürfen. »So etwas ist selten, Oma.«

»Mag sein, aber man kann doch nicht seine Wut an den anderen auslassen, nur weil ein Arzt eine falsche Diagnose gestellt hat!«

Nun sah er sie intensiver an. »Doch, und zwar wenn du dein ganzes Leben lang mit einer einzigen Person wachsen durftest. Sie ist ja quasi zu deinem Lebensinhalt geworden. Wenn diese Person dann stirbt, obwohl man es hätte verhindern können, indem man einfach mal etwas gründlicher forscht, würde ich auch durchdrehen. Glaub mir! Ich wäre ebenso sauer auf die ganze Welt. Was hat er denn noch zu verlieren?«

Von dieser Seite aus hatte es Doris noch gar nicht betrachtet. Auf einmal bekam sie Mitleid mit dem Griesgram.

Um nicht weiter in dieser traurigen Stimmung zu hängen, half Jeremy seiner Großmutter ein wenig im Haushalt und richtete sich dann in seinem Zimmer ein. Es lag noch immer in der oberen Etage, von der aus er genau auf die Straße vor dem Haus sehen konnte und somit auch direkt auf Alfred Snows Grundstück. Anschließend schauten sie gemeinsam ein paar Kataloge durch und besprachen den Bau eines Gartenhäuschens, den Doris schon seit Monaten plante. Da es bald Winter werden würde, hatte sie gehofft, bis dahin ein kleines Häuschen im Hintergarten stehen zu haben. Die alte Dame wollte ihre ganzen Gerätschaften dort verstauen, damit sie diese nicht ständig aus dem kleinen Zwischenraum im Haus zerren musste. Jeremy hatte ihr versprochen, beim nächsten Besuch den Bau in Angriff zu nehmen. Dafür wollte er eigens mit ihr in den Baumarkt fahren und alles einkaufen gehen, denn Doris besaß keinen Führerschein. Sie hatte ihn nie gemacht und musste so immer den Bus benutzen oder eben zu Fuß laufen.

»Gleich morgen schauen wir uns mal im Baumarkt um«, versprach er ihr nach dem Abendessen und räumte die dreckigen Teller in die Spüle. »Es gibt schon fertige Häuschen, aber da müssen die Maße stimmen. Ich schreibe mir nach dem Frühstück alles auf und dann erstellen wir eine Liste, damit ich weiß, womit wir rechnen müssen.«

Sie wedelte mit der Hand. Ums Geld ginge es ihr nicht, doch das wusste Jeremy selbst. Der Enkel grinste sie an und erklärte, dass es auch ums Material ginge, schließlich solle es den Witterungen standhalten und nicht alle paar Monate erneuert werden müssen. »Woran du alles denkst?«, lobte Doris den herzensguten Kerl und griff nach dem Müllbeutel.

Sofort kam er ihr zuvor und scheuchte sie weg. »Nix da! Lass mich das machen!« Dann wies er auf die Couch im Wohnzimmer. »Such uns lieber einen schönen Film raus, damit wir den Abend ausklingen lassen können. Darauf freue ich mich schon die ganze Zeit.«

Zufrieden lächelte sie ihn an. »Aber gerne doch.«

»Ich bin gleich wieder da.« Und schon eilte er mit dem Müll zur Tür.

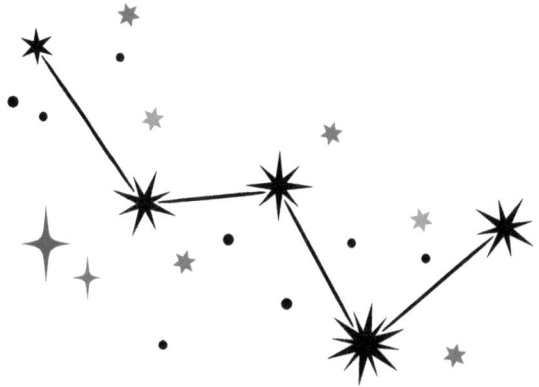

Nacht der Sterne

Cassie wischte sich die Stirn ab. Der Tag war anstrengend gewesen. Zuerst hatte es einen Toten im Heim gegeben, der sie unweigerlich an ihren Großvater erinnerte, dann war eine andere Anwohnerin die Treppe hinunter gestürzt, sodass sie den Rettungswagen holen mussten, und schließlich hatte sie sich eine erneute Diskussion mit Alfred in dessen Haus geliefert, als sie den Verwandten besuchen wollte. Trotz ihrer Reden hatte Alfred sein Fehlverhalten wegen des Schuhwurfs nicht eingesehen. Bis in den Abend hinein hatte sie vergeblich versucht, ihren Großvater zur Vernunft zu bringen, aber immer nur gegen eine Wand geredet. Am Ende hatte sie ihm einfach sein Essen aufgewärmt und sich nach draußen gerettet, um die alten Zeitungen im Auto zu verstauen. Die wollte sie morgen zum Entsorgungshof schaffen. Es waren gut fünf Stapel, bei denen sie keine Ahnung hatte, was er überhaupt damit wollte, geschweige denn, wo er sie herhatte.

Von den ganzen Pappen und Kartons mal abgesehen, die ebenfalls noch in seinen Ecken herumstanden.

Cassie schnaufte und starrte gedankenverloren in den klaren, kalten Abendhimmel, als die erste Ladung im Kofferraum platziert war. Es war dunkel und die Sterne daher perfekt zu erkennen. Die junge Frau verzog den Mund zu einem Grinsen.

Sie liebte diesen Anblick, seit sie klein war und fragte sich noch heute, ob es Leben im All gab und wie es wohl sein würde, dort oben zu wohnen? Wenn Cassie daran dachte, dass vielleicht jemand auf einem anderen Planeten lebte, der genau in dieser Minute so wie sie nach oben starrte, um sich zu fragen, ob noch weitere Welten im Universum existierten, schlug ihr Herz etwas schneller. Wäre es nicht schön, sich mit demjenigen austauschen zu können? Man könnte schließlich voneinander lernen.

Dann senkte sie den Kopf und kehrte beim Anblick der Zeitungen in die Realität zurück. Die Sterne mussten warten. Zumindest für heute. Flink eilte Cassie zurück ins Haus ihres Großvaters und griff nach dem zweiten Stapel. Das Gewicht war enorm. Kaum trug sie ihn in den Armbeugen, begann sie angestrengt zu keuchen. Als sie begriff, dass sie vermutlich zu viele Anzeiger übereinander geschichtet hatte, war es fast schon zu spät geworden. Mühselig kämpfte sie um ihr Gleichgewicht und verlor es am Ende doch. Mit einem Klatschgeräusch verteilte sie die Zeitungen auf dem Boden der Auffahrt und fluchte in die Nacht hinein. »So eine verdammte Scheiße! Das darf doch nicht wahr sein!«

Dass man sie von gegenüber hörte, eben weil Jeremy genau in dem Moment den Müll für Doris in die Tonne warf, bemerkte Cassie nicht. Erst, als ein junger Mann hinter ihr auftauchte und fragte, ob alles okay sei, da fuhr sie verwundert herum.

Irritiert blickte sie auf, als Jeremy helfend nach den Papieren griff, um sie übereinanderzustapeln. »Ja, danke … alles okay. Ich hatte mich nur überschätzt und nicht gedacht, dass sie *so* schwer sind.«

Er grinste und half ihr anstandsvoll. »Papier kann Tonnen wiegen und unglaublich wehtun«, erklärte er und legte den zweiten Stapel genau neben den ersten in den Kofferraum. »Wer schon mal ein Buch an den Kopf bekam, weiß das.«

Entsetzt sah sie ihn an. »Oh mein Gott! Echt?«

Er lachte und hielt ihr die Hand entgegen. »Hi, ich bin Jeremy.« Dann zeigte er auf Doris' Grundstück. »Ich bin gerade zu Besuch bei meiner Großmutter.«

Bei Cassie machte es *Klick!* Sie öffnete verzückt den Mund, erwiderte den Handschlag und fragte: »Dann sind Sie Frau Forresters Enkel? Sie spricht andauernd von Ihnen.«

Er winkte ab. »Können wir auf die Sie-Form verzichten? Da komm ich mir komisch vor.«

»Gerne doch«, erwiderte die junge Frau erleichtert. »Ich bin übrigens Cassie. Also eigentlich Cassiopeia, aber die meisten sagen einfach nur Cassie zu mir.«

Als er das hörte, machte Jeremy große Augen. »Im Ernst? Du heißt Cassiopeia?«

Schon dachte sie, er reagiere wie fast alle und erklärte sich. »Ich weiß, ein komischer Name, aber ich finde ihn offen gesagt wunderschön.«

»Das tue ich auch«, betonte Jeremy sofort und rückte näher.

Dann sagten beide gleichzeitig: »Ich liebe das Himmels-W.« Sie schauten sich an und mussten unweigerlich lachen.

Jeremy war sofort verzückt und steckte die Hände in die hinteren Gesäßtaschen seiner Hose. »Ich habe noch nie eine Frau getroffen, die den Namen eines Sternbildes trug«, gab er ehrlich zu und musterte Cassie eingehender. Sie hatte wunderschöne braune Augen hinter ihrer rötlichen Brille und dunkelblonde Haare, die zu einem Zopf gebunden waren. Außerdem lächelte sie sehr natürlich und das gefiel ihm. Neugierig geworden, fragte er: »Bist du eine Verwandte von ihm?« Sein Finger wies auf Alfreds Haus.

Cassie nickte und strich sich verlegen eine Strähne hinter den Brillenbügel. »Ja, er ist mein Großvater.«

»Die ganze Stadt spricht schon von ihm. Meine Großmutter hat mir viel erzählt.«

»Vermutlich nicht allzu viel Gutes«, ergänzte sie halblaut. Das Ganze war Cassie unangenehm, vor allem, weil sie zugeben musste, Jeremy interessant zu finden. Er wirkte sehr charmant, gebildet und unglaublich attraktiv. Sie war sofort beeindruckt. Dass ihre Angst, wegen ihrer Verwandtschaft zu Alfred abschreckend zu wirken, unbegründet war, registrierte sie schnell.

Jeremy stellte sich auf die Seite ihres Großvaters. Traurig gab er zu: »Sie hat von dem Tod deiner Großmutter berichtet. Mein Beileid. Und sie erzählte, wie sehr er sich dadurch veränderte und das auf die Stadt abfärbte. Ich finde es grauenvoll, wenn einem so etwas passiert und kann nachvollziehen, was ihn bewog, in der Welt einen Feind zu sehen.«

Erleichtert atmete sie durch. »Danke, die meisten hier haben weniger Nachsicht. Er nervt sie mit seinem verletzenden Verhalten, aber ich weiß, dass er innerlich ganz anders ist und einen sehr guten Kern hat. Er ist nur zutiefst traurig und weiß nicht, was er machen soll. Es bricht mir das Herz, ihn hier allein im Haus zu wissen. Er geht kaum noch raus und kapselt sich ab. Das ist so schade.«

Das konnte Jeremy verstehen und sprach davon, ähnliche Angst um seine Großmutter zu haben. »Sie bedeutet mir sehr viel, denn meine Eltern hatten wenig Zeit für mich. Daher hat sie mich quasi großgezogen und ist für mich wie ein Mutterersatz. Weil ich sehr weit weg wohne, kann ich sie nur alle paar Monate einmal besuchen und koste es dann vollends aus.«

Cassie musste lachen. »Das kann ich mir lebhaft vorstellen.«

Er hob die Hände. »Keine Bange«, verteidigte sich Jeremy im Hinblick auf die Tatsache, bekocht und bedient zu werden. »Sie tut das wirklich gerne und ich helfe ihr im Gegenzug mit allen möglichen Sachen, die sie nicht allein machen könnte. Morgen wollen wir zum Beispiel ins Zentrum zum Baumarkt fahren. Oma Dori möchte ein Gartenhäuschen haben, damit sie dort ihre

Sachen verstauen kann und nicht immer ins Haus muss, um sie zu holen. Beim letzten Mal bot ich ihr an, zu helfen, wenn ich wiederkäme und nun bin ich da.« Jeremy grinste. »Jetzt können wir loslegen.«

Cassie sah ihn amüsiert an. »Das ist echt lieb von dir und Doris bestimmt froh, keinen Handwerker beauftragen zu müssen. Die sind nämlich verdammt teuer.«

»Ich weiß, deswegen habe ich ihr auch den Vorschlag gemacht und nach einem guten Baumarkt gefragt.«

Als die junge Frau das hörte, gab sie Jeremy einen Tipp. »Dann geh mit ihr am besten in den *Sonderpostenmarkt* am Ende der Stadt, nicht in *Elo's Baumarkt*. Der ist total überteuert und hat nur wenig Auswahl. Der Sonderpostenmarkt hat alle möglichen Sachen und auch einen Zusatzbereich für den Garten. Ich habe für meinen Großvater vor zwei Jahren viel gekauft, als wir sein Gartenhäuschen neu gemacht haben. Leider benutzt er es seit dem Tod meiner Großmutter nicht mehr und nun steht es verlassen hinter dem Haus.« Sie zuckte mit den Schultern. »Ich hoffe, es ändert sich eines Tages wieder.«

Jeremy bedankte sich für den Tipp und wies auf die Eingangstür. »Das gibt sich sicherlich, wenn die Zeit seine Wunden geheilt hat oder jemand Neues in sein Leben tritt.«

»Schön wär's«, murmelte Cassie und blickte ihn sorgenvoll an. »Dann müsste ich mir nicht immer allein Gedanken um ihn machen, dass er Kleinkinder mit Schuhen bewirft.«

Doris' Enkel musste lachen. »Ja, das hat mir Oma Dori auch erzählt, aber ich bin mir sicher, dass dein Großvater eigentlich niemanden treffen wollte.«

»Ganz bestimmt nicht«, beteuerte die junge Frau aufrichtig. »Er war früher Lehrer in der Stadt und hat sie unterrichtet. Das hat er großartig gemacht und alle Kinder mochten ihn. Aber als das mit meiner Großmutter passierte, wurde er wütend und konnte auch nicht mehr zur Arbeit gehen. Da haben sie ihn entlassen und das tut ihm noch heute weh. Kinder waren immer wie eine zweite Familie für ihn.« Cassie musste unweigerlich an die vielen Gespräche denken, wenn ihre Großmutter sie immer nach der Zukunft fragte und schmunzelte. Denn die junge Frau wollte gerne Kinder haben, fand aber nie den passenden Mann, der es ihr gleichtat.

Neugierig geworden bemerkte Jeremy ihre verträumte Miene und fragte: »Hast du eigentlich Kinder?« Er dachte nicht weiter über die Frage nach, ob es nach so kurzer Zeit der Bekanntschaft angebracht sei, so privat zu werden. Es interessierte ihn einfach, weil ihn Cassie zunehmend interessierte, aber mit einem Mal wurde die Brillenträgerin rot.

»Oh, ich … Nein!«, brabbelte sie ganz aufgeregt und senkte die Lider beschämt zu Boden. »Ich habe keine … ich bin mit niemandem … nein.«

»Ich leider auch nicht«, kommentierte Jeremy dazu. Anschließend ergänzte er auf einmal etwas, dass Cassie ebenso sagte: »Dabei liebe ich Kinder.«

Beide hatten es so überzeugt rausgehauen und nahezu gleichzeitig in die Nacht geäußert, dass sie sich schon wieder anstarrten und lachen mussten. Dann platzte es aus Cassie heraus. »Ich hätte gerne eine halbe Fußballmannschaft, aber es war schwierig, das bei den Männern zu verkaufen.«

Das kannte Jeremy nur zu gut und nickte sie an. »Meine Freundinnen fragten mich dann auch immer, wer die bitte rauspressen soll? Mehr wie eins oder zwei kam ihnen nie in den Sinn, aber ich bin ein Einzelkind und finde es traurig, niemanden zum Spielen zu haben. Als ich klein war, habe ich mir Geschwister gewünscht, aber da sich meine Eltern schon kaum um mich kümmerten, wie hätte da noch ein Bruder oder eine Schwester Platz gefunden?«

»Kann ich mir vorstellen«, sagte Cassie mit strahlendem Gesicht. »Ich habe das an einigen Klassenkameraden gesehen und war froh, einen Bruder zu haben, auch wenn wir uns als Kinder oft stritten.«

»Hat er auch so einen grandiosen Namen wie du?«, wollte Jeremy wissen, erntete aber ein Nein.

Cassie schwenkte den Kopf und biss die Lippen zusammen. Ihr Blick wirkte gequält. »Leider nicht. Meinen Namen hat meine Mutter ausgesucht, weil sie vom Weltall fasziniert ist. Den Namen meines Bruders durfte mein Vater bestimmen. Mein Bruder heißt Otto, in Anlehnung an Nicolaus August Otto. Den Kerl mit den Verbrennungsmotoren.«

Jeremy zischte betroffen. »Oh je, der Arme!«

Sie lachte und nickte. »Ja, er hasst ihn und wollte als Kind immer ein paar Buchstaben umwechseln lassen, weil ihn alle mit Otto veralberten. Dem Kerl mit den Ottifanten. Aber das wusste mein Vater zu verhindern. Ich bin froh, meinen Namen meiner Mutter zu verdanken. Wer weiß, was aus mir geworden wäre?«

»Manche Elternteile sollten bei der Namenswahl vielleicht lieber übergangen werden?« Schon wieder lachten sie los. Dann wies Jeremy auf die Zeitungen. »Lass mich dir beim Rest noch helfen. So bist du schneller fertig und schmeißt nicht wieder alles in der Gegend umher.«

»Danke, wie gütig.« Cassie war überwältigt. Den hatte ihr ja wahrlich der Himmel geschickt?

Die Zeitungen waren flink verstaut, der Kofferraum geschlossen und schon standen beide da, sahen sich an und warteten. Die Nacht war angenehm klar. Nur vereinzelte Geräusche störten die harmonische Idylle zwischen ihnen. Wie schnell die Zeit verging, registrierten sie kaum. Erst, als Doris aus der Haustür trat, um zu sehen, warum ihr Enkel so lange mit dem Müll brauchte, da zuckte Jeremy zusammen und wies mit der Hand hinter sich.

»Ich glaube, ich werde vermisst.«

»Oh! Tut mir leid!«, kam es sofort entschuldigend. »Ich wollte dich nicht aufhalten.«

»Ach was!«, wehrte Jeremy ab. »Hab ich echt gern gemacht und danke für den Tipp mit dem Sonderpostenmarkt.«

»Keine Ursache. Und wenn du etwas benötigen solltest, im Gartenhäuschen meines Großvaters ist alles Mögliche zu finden. Einfach vorbeikommen.« Sie lächelte ihn an und schaute ihm nach, wie er über die Straße huschte. Cassie seufzte innerlich. Gott, war der super! Sie fühlte sich wie zu Teenagerzeiten und war hin und weg in dieser Nacht der Sterne.

Gleichgesinnte

Als Jeremy zurück in ihr Haus schlüpfte, schmunzelte Doris ihn amüsiert an. »Hast du dich verlaufen?«, fragte sie und versuchte, nicht zu lachen.

»Ich habe Cassie kennengelernt und ihr bei den Zeitungen geholfen. Die waren doch ziemlich schwer und bevor sie alle über die Auffahrt verteilt, …«

»Was du nicht sagst?«

Nun hob er eine Braue. »Was?«

Während sie beide zurück ins Wohnzimmer gingen, um es sich auf der Couch vor dem Fernseher einzurichten, wedelte die alte Dame mit der Hand. »Ach, nichts. Ihr zwei saht nur sehr toll zusammen aus.«

Jeremy legte den Kopf in den Nacken. »Alles klar, Oma Dori. Aber keine Bange, aktuell bin ich nur an dir interessiert.«

»Wie schade, Cassie ist richtig nett.«

»Das mag sein, aber bestimmt längst vergeben?«

Sie schüttelte überzeugt ihren Kopf. »Nein, ist sie nicht. Sie hatte mal einen Freund, aber das mit Allan hat sich geklärt. Jetzt ist sie Single.«

»Soweit du weißt«, erinnerte Jeremy sie energisch und schwenkte das Thema um. Er wollte sich nicht darin verlieren, weil er eigentlich aus einem ganz anderen Grund hier war. »Wir kümmern uns um dich und dein Gartenhäuschen. Cassie hat mir einen Tipp gegeben, wo man gute Materialien herkriegt. Den kann ich morgen in Angriff nehmen.«

Doris schmunzelte wieder, denn sie mochte Alfreds Enkeltochter und der Gedanke, sie mit ihrem eigenen Enkel zu verkuppeln, gefiel ihr irgendwie.

Dumm nur, dass da ihr Enkel auch ein Wörtchen mitzureden hatte und sich in den kommenden Tagen in den Bau der Laube stürzte, als ginge es um ein Preisausschreiben. Mit vollem Elan besorgte Jeremy die wichtigsten Dinge, fuhr mehrmals hin und her und schaffte es in kurzer Zeit, recht ordentlich voranzukommen. Erst, als ihm unerwartet die Schrauben für das Dach ausgingen, wurde sein Eifer gestoppt.

Der junge Mann fluchte. »Das darf doch nicht wahr sein! Muss ich jetzt echt noch mal los?« Darauf hatte er wahrlich keine Lust. Nicht an so einem schönen Tag wie heute und vermutlich einem der letzten, bevor der Herbst sich verabschiedete.

Neugierig kam Doris näher und stellte ihm einen Saft an die Seite. »Alles in Ordnung?«

»Ich habe zu wenige Schrauben geholt«, maulte Jeremy. Er wischte sich ein paar Schweißperlen ab und blickte auf.

»Wenn ich das Dach heute noch fertigstellen will, werde ich noch einmal losmüssen.«

»Och nein!«, kam es bedauernd von Doris zurück. Die alte Dame wehrte sofort ab. »Dann lassen wir es so und fahren morgen noch einmal. Ich wollte mit dir doch Hosen beim Jeansladen anprobieren.«

»Das ist wirklich nicht nötig.«

»Ich bestehe darauf«, kam es energisch. »Notfalls kann ich meine Freundin Annie anrufen, dass sie uns ihre Tochter Sandra schicken soll. Die ist Schneiderin und kann das Problem sicher in Windeseile lösen.«

Er verdrehte die Augen, denn das war nicht wirklich besser. Jeremy hasste es, durch Klamottenläden zu tigern oder Sachen schneidern zu lassen, aber seine Großmutter bestand darauf, ihm eine neue Hose zu kaufen, weil er seine eigene beim Bau des Häuschens versehentlich zerrissen hatte. Auf einmal hatte er eine Idee und legte den Bohrer zur Seite. Bot Cassie ihm nicht an, zu helfen? Zumindest sagte sie, er solle vorbeikommen, wenn er etwas brauche. Immerhin habe ihr Großvater alles Mögliche in seiner Laube verstaut. »Warum nicht?« Er zuckte mit den Schultern. Vielleicht war sie ja da? »Warte mal kurz auf mich, Oma Dori. Ich bin gleich wieder bei dir.«

Irritiert runzelte die alte Dame die Stirn. Was hatte er denn nun wieder vor? Als Jeremy über die Straße zu Alfred Snows Grundstück eilte, bekam Doris eine Ahnung und schüttelte grinsend den Kopf.

Jeremy klingelte erwartungsvoll an der Tür. Dass Cassies Wagen in der Einfahrt stand, hieß in seinen Augen, die junge Frau sei da. Genau das erhoffte er sich und war froh, als sie ihm die Tür aufmachte.

Mit großen Augen sah sie ihn an. Dann fragte es hinter ihr, wer denn bitte stören würde. »Da ist nur jemand aus der Nachbarschaft, Großvater«, beruhigte Cassie den Alten.

»Ich kaufe nichts!«, brüllte Alfred sofort. »Und die sollen mir ja nicht auf den Rasen latschen!«

»Ich passe schon auf!«, versicherte sie ihrem Großvater und trat einen Schritt über die Schwelle nach draußen. Dann rückte sie ihre Brille gerade und starrte Jeremy an. Der war ein wenig verschwitzt von der Arbeit und trug nur ein älteres Shirt. Es betonte seine Oberarmmuskeln, sodass Cassie ihn eingehend musterte. Anschließend fragte sie freundlich: »Das ist ja eine Überraschung. Was machst du denn hier?«

Jeremy wies zurück zu Doris' Haus. »Ich baue gerade das Gartenhäuschen auf. Dein Tipp mit dem Sonderpostenmarkt war Gold wert. Danke dir. Ich habe gleich eins genommen, das fast schon komplett ist, aber das Dach gegen eine stärkere Konstruktion ausgetauscht. Die versuche ich jetzt, am Dachsparren zu befestigen und mit Winkeln zusätzlich zu sichern, habe aber zu wenige Schrauben gekauft. Habt ihr zufällig welche da? Ich habe echt keine Lust, noch mal loszukurven.« Sein Augenrollen zauberte ein Grinsen in ihr Gesicht.

Cassie winkte ihn auf die Rückseite. »Weißt du was? Lass uns mal nachsehen. Mein Großvater hat dutzende

Sorten und ich habe alle erst letzten Sommer für ihn sortiert und beschriftet. Ich konnte mir nicht wirklich merken, welche genau da sind, aber vielleicht wirst du ja fündig?«

Das klang super!

Jeremy freute sich und folgte der jungen Frau auf dem Fuße, während Alfred zunehmend unruhig wurde. Jeremy sah ihn durch die Gardine linsen, als passe ihm nicht, dass er da wäre. Die Augen des Alten starrten ihm grimmig nach, als er über den Rasen schritt.

Sein Verhalten blieb Cassie verborgen. Noch im Gehen lächelte sie Jeremy zu.

Dann fragte Doris' Enkelsohn: »Klappt alles soweit mit ihm?« Wen genau er damit meinte, brauchte er nicht zu erklären.

Cassie sah ihn von der Seite an. »Na ja«, begann sie sachte. »Er ist heute etwas launisch und meckert mich dauernd voll. Ich hatte keine Zeit, ihm etwas zu Essen zu kochen und habe ihm ein Fertiggericht geholt. Eigentlich ist das nicht meine Art, aber bevor er gar nichts Warmes bekommt, schien mir das die bessere Alternative zu sein.«

»Kann dein Großvater denn nicht kochen?«

»Im Prinzip schon, zumindest einfache Gerichte, aber ich lasse ihn ungern an den Herd. Manchmal ist er sehr vergesslich und dann habe ich Angst, dass er ihn nicht ausmacht.«

Das konnte Jeremy nachvollziehen. Man hörte schließlich immer wieder von alten Leuten, die an den Gasen in ihrer Wohnung erstickten, weil sie den Herd anließen und es zu brennen begann. Mit dem Kopf nickte er die Straße hinunter. »Was ist denn mit dem Asiaten im Zentrum? Der ist echt lecker, kann ich wärmstens empfehlen.«

Alfreds Enkeltochter wehrte ab. »Großvater ist da ziemlich eigen. Er isst nichts von Asiaten oder Italienern oder Griechen. Er will nur reine Hausmannsküche. Deswegen versuche ich, ihm seit Monaten einen Platz in der Residenz schmackhaft zu machen, denn dort gibt es echte Hausmannskost, aber er denkt ständig, ich wolle ihn loswerden.«

Sie hatten das Häuschen erreicht und traten nun beide ein.

Während Cassie gezielt auf das Regal mit den Schrauben und Nägeln zusteuerte, hing Jeremy noch seinen Gedanken nach. »Ja, das ist nicht so einfach. Viele Senioren fühlen sich unter Gleichaltrigen gerade alt und mögen es nicht. Ich weiß nicht, ob es mir liegen würde, meine Großmutter dorthin zu bringen. Eigentlich ist sie noch fit, aber das Haus für sie allein viel zu groß und wenn Dori mal etwas passiert, wäre sie in einem Altenheim deutlich besser versorgt. Immerhin ist da sofort jemand zur Stelle.«

Verständnisvoll nickte Cassie ihm zu. »Genau meine Rede«, hob sie ihre Hände. »Ich könnte ihn andauernd sehen und hätte viel mehr Zeit.« Als er sie verwundert musterte, begann sie sich zu erklären. »Ich arbeite in der hiesigen Seniorenresidenz. Ich bin dort Altenpflegerin und sehr zufrieden mit den Bedingungen. Mein Großvater könnte Freunde finden und käme endlich mal wieder raus.«

»Wow!« Jeremy war beeindruckt von ihrem Lebenslauf. Nebenbei sah er bereits die ersten Kisten mit Materialien durch. »Dann wäre er ja wirklich bestens bei dir aufgehoben und du müsstest nicht immer hin- und herfahren.«

»Allerdings und es würde unglaublich Zeit sparen. Ich könnte viel erholsamer schlafen. Denn was, wenn er hier mal über die Schwelle stolpert? Ich schaffe es wegen der Schichten ja nicht, jeden Tag nach ihm zu sehen und weil er sich mit meiner Mutter dauernd anlegt, ist die ebenfalls nur selten hier. Hätte er einen Unfall, würde er tagelang am Boden liegen, bevor ich ihn bemerkte. Allein diese Vorstellung macht mich ganz wirr! Einen Pflegeservice lehne ich aber ab, schon deshalb, weil er massenhaft kostet.«

Das war in der Tat ein Problem und stellte auch Jeremy vor Hindernisse. Er kräuselte besorgt seine Stirn. Immerhin ging es ihm mit Doris sehr ähnlich. Zudem war er schlechter zu erreichen und seltener da, als Alfreds Enkelin. Nachdenklich lehnte er sich an den Rahmen und wollte schon etwas erwidern, als Cassie ihn in die Realität zurückholte.

»Ist was dabei, das du brauchst?«

Leicht durch den Wind schüttelte er den Kopf und sah sich um. Dann nickte er Cassie bewundernd zu. »Das hast du echt super sortiert. Ich habe genug, um das Dach zu beenden und muss nicht noch einmal losfahren.«

Sein Kompliment schien anzukommen, denn Cassies reagierte verlegen. »Danke, das freut mich.«

»Wenn ich mich mal irgendwann revanchieren soll, dann sag einfach Bescheid«, bot Jeremy sich an, doch Cassie winkte ab. Das hätte er mit den Zeitungen längst getan. Erinnernd sah er sie an. »Bist du sie denn losgeworden?«

Cassie nickte, bedauerte aber zugleich, dass Altpapier kaum noch etwas einbrachte. »Kein Wunder, dass den Kindern die Lust am Sammeln vergeht.«

»Tja, das ist wohl überall so?« Noch ein Blick, dann machte Jeremy Anstalten, zurück an seine Arbeit zu gehen. Bevor er jedoch zu Doris eilte, hielt der junge Mann kurz inne und fuhr sich über die Stirn. »Du sag mal, ich hab da eine ganz dumme Idee. Aber wenn dein Großvater ständig allein ist und meine Großmutter auch und beide gleich um die Ecke wohnen oder zumindest genau gegenüber der Hauptstraße, …«

Es machte *Klick!* Cassie strahlte ihn an und hängte sich an seinen Arm. »Den Gedanken hatte ich auch schon, zumal meine Großmutter und deine sich früher gut verstanden. Ich will hier auch gar keine Beziehungen ansetzen.« Das versicherte sie ihm hoch und heilig. »Ich fände es nur toll, wenn er nicht dauernd allein blieb und etwas mit jemandem machen könnte, der immer in der Nähe ist und viel schneller als ich vor Ort sein könnte.«

»Genau wie ich«, erwiderte Jeremy. »Seit Omas Freunde aus der Stadt zogen oder zu ihren Kindern wechselten, hat sie immer weniger Leute, mit denen sie etwas unternehmen kann. Vielleicht könnten die zwei sich ja mal treffen? Ganz ohne Hintergedanken natürlich, damit sie Gleichgesinnte werden. Ich meine, kennen tun sie sich ja schon.«

Das sah Cassie auch so und schlug vor, mal etwas zusammen zu planen, um die Alten ganz sachte *aneinander zu gewöhnen.*

Jeremy kniff die Augen zusammen. »Ich kann Dori ja mal hintenrum fragen, was sie aktuell von deinem Großvater hält? Nur, um Missverständnisse vorzubeugen.«

»Tu das, das wäre super!« Cassie nickte ihn an. »Ich fühle mich deutlich wohler, wenn mein Großvater noch irgendjemanden in der Nähe hätte, der notfalls nach ihm sehen könnte, wenn ich bei der Arbeit aufgehalten werde.«

»Dann gebe ich dir meine Nummer«, meinte Jeremy freundlich und kramte nach einem Kugelschreiber. »Dann könnten wir die zwei *rein zufällig* zusammen lotsen.«

Sie grinste, nahm die Nummer entgegen und sah ihn verträumt an. Noch ein letzter Blick, dann eilte Jeremy mit den Schrauben in der Hand über die Wiese und die Straße genau Richtung Haus von Doris Forrester.

Ein Eis von Herzen

Cassie hatte die Tür noch gar nicht richtig zugemacht, da hörte sie Alfreds Gekeife schon im Nacken. »Was wollte der denn bei uns? Der ist mir über den Rasen getreten.«

Sie verdrehte innerlich ihre Augen. »Das war der Enkel von Frau Forrester, Großvater. Er baut ihr gerade ein Gartenhäuschen auf und hat mich nach Schrauben fürs Dach gefragt. Seine waren zu wenig. Daher half ich ihm aus.«

»Aus meiner Sammlung? Die hat er dir hoffentlich bezahlt?«

Jetzt reichte es ihr aber. Cassie fuhr puterrot geworden herum und blitzte ihn zornig an. »Wann hast du denn das letzte Mal einen Fuß in den Garten gesetzt oder Nägel und Schrauben aus der Laube verwendet? Die setzen doch schon Staub an. Wenn jemand Hilfe braucht, sollte man sie ihm auch geben. Wer weiß, wann dir das nächste Mal Eier oder Milch ausgehen und kein Laden mehr offen hat? So etwas nennt man Nachbarschaftshilfe.«

»Ich leiste hier keine Nachbarschaftshilfe. Die helfen mir ja schließlich auch nicht«, grummelte Alfred missmutig zurück und machte es sich in seinem Sessel bequem.

Sie schimpfte ihn voll. »Ist ja auch kein Wunder, da du alle vergrault hast.«

Der Alte hob den Kopf und werkelte an der Decke auf seinen Beinen, als wisse er nicht, wie er sie legen sollte.

Cassie schnaufte. Dann sagte sie vorsichtig: »Ich weiß, dass du aktuell alle um dich herum als Feind ansiehst, Großvater, aber die anderen können nichts dafür, was in den letzten zwei Jahren mit uns passierte. Auch Frau Forresters Enkel Jeremy nicht. Er hat freundlich gefragt und ich habe ihm geholfen. So etwas tut man unter normalen Menschen.«

»Soll das etwa heißen, ich bin nicht mehr normal, seit deine Großmutter gestorben ist?«

Musste er ihr immer die Worte im Mund verdrehen? Die junge Frau fuhr sich durch die Haare. »Auf diese Frage werde ich nicht antworten, weil ich keine Lust auf einen Streit mit dir habe. Du weißt ja wohl selbst, wie du dich seitdem verändert hast und ob das bei den anderen in der Stadt gut ankam oder nicht.«

»Die haben kein Verständnis für meine Lage«, jammerte er sie voll, doch davon wollte Cassie nichts wissen.

Deutlich lauter als beabsichtigt entgegnete sie wütend: »Oh, doch! Aber du hast kein Verständnis dafür, dass sie nicht so wie du auf die ganze Welt deswegen sauer sind! Jeden Tag passieren schlimme Dinge. Überall! Manches mit Absicht und manches versehentlich. Hätte man Großmutters Tod verhindern können? Bestimmt. Aber die Ärzte arbeiteten damals am Limit und haben einen Fehler gemacht. Stell dir vor, das ist menschlich. Es hätte jedem passieren können.«

»Aber es ist *uns* passiert!« Nun bekam er Tränen in den Augen und stand wieder auf. »Und es hätte nicht sein müssen, wenn die *einmal* auf Ruth gehört hätten, anstatt so zu tun, als bilde sich meine Frau das alles nur ein.«

Was sollte sie ihm denn darauf antworten? Insgeheim wusste Cassie ja, dass er recht hatte und Ruth noch da wäre, hätte man ihre Probleme ernst genommen. Doch Schuld umherzuschieben, machte die alte Frau nicht mehr lebendig. Das wusste sie selbst. Am Ende entschied sie sich dafür, ihren Großvater für heute in Ruhe zu lassen. »Und wenn ich das nächste Mal wiederkomme und schönes Wetter draußen ist, gehen wir eine Runde spazieren«, bestimmte sie in dominantem Tonfall. »Ob du willst oder nicht, du musst hier raus oder ich drehe durch! Und dann kannst du zusehen, wer sich weiter um dich kümmert.« Das war ihr letztes Wort und sie hoffte, er würde das merken.

Alfred schaute ihr nach, wie sie das Haus verließ.

Draußen angekommen stemmte Cassie die Arme in die Seite und atmete ganz tief durch. Dann ging sie auf ihren Wagen zu und fuhr zurück zum Altenheim. Mit Blick auf die vielen Bewohner fragte sie sich, ob es wirklich so schlimm wäre, ihren Großvater hier zu haben? Die Residenz wirkte nett und modern, die meisten Bewohner waren zufrieden und die Pfleger und Ärzte freundlich und hilfsbereit. Sicher, auch sie hatten schlechte Tage und konnten in der Hektik mal das ein oder andere vergessen, aber alles in allem gab es schlimmere Orte. Wenn sie mal später hierherdürfe, wäre das für sie in Ordnung.

»Ach, wenn es doch nur mal bergauf gehen könnte?« Das wünschte sich die junge Frau so sehr und freute sich umso mehr, als sich Jeremy zwei Tage später bei ihr meldete.

Doris wollte mit ihm durch die Stadt laufen und dabei ein wenig im Park verweilen, um die Herbstsonne zu genießen. Das war ideal, um Alfred ebenfalls dorthin zu locken, denn der Alte hasste schlechtes Wetter. Laut den Nachrichten sollte es trocken bleiben. Also packte ihn Cassie in Übergangssachen und schleifte ihn aus dem Haus an die Luft.

»Warum genau muss ich spazieren gehen?« Er sah sie mürrisch an. »Ich war heute schon draußen.«

»Um den Müll rauszuschaffen und das zählt nicht, mein Lieber. Denn deine Nase muss Sonne tanken.«

Er tippte sich auf den Zinken. »Meiner Nase geht es super. Ich hatte ewig keine Erkältung mehr.«

»Aber du siehst blass und krank aus und läufst auch immer schlechter. Wenn man die Muskeln nicht benutzt, dann verkümmern sie, Großvater. Im Alter geht das rasend schnell.«

Na, da hatte sie ja was gesagt! Prompt erklang ein Donnerwetter, dass er nicht alt sei, nur etwas rostig. »Meinen Muskeln geht es hervorragend. Ich bin in jungen Jahren kilometerweit gelaufen und schaffe das jetzt auch, wenn es nötig sein sollte.«

»Das wage ich zu bezweifeln, so selten wie du dein Haus verlässt.« Schon ging es einmal quer durch Lovelane, bis Cassie zum Schluss den Park ansteuerte. Rein zufällig natürlich genau die Stelle, an der Jeremy mit Doris wartete, um sich ein Eis vom Eisstand zu holen. »Oh, schau mal!«, rief die junge Frau aufgeregt und wies auf einen Platz mit Wegen, bei dem der Eiswagen sich niedergelassen hatte. »Wollen wir nicht ein Eis essen? Das habe ich ewig nicht gemacht.« Bevor ihr Großvater zum Antworten kam, zog sie ihn Richtung Bank.

Auf der saß Doris bereits, während sich Jeremy in die Schlange gestellt hatte, um der alten Dame die Lieblingssorte zu kaufen.

»Frau Forrester?«, hob Cassie den Blick und tat ganz überrascht. »Das ist ja ein Zufall, Sie heute hier zu treffen? Darf ich meinen Großvater kurz abparken, damit ich ihm ein Eis holen kann?«

»Ich will kein Eis und ich will hier nicht sitzen!«

Während es Alfred sichtlich unangenehm wurde, mit der alten Dame eine Bank zu teilen, hatte die nichts dagegen einzuwenden und blieb so freundlich, wie Cassie gewohnt war. Gerne könne er auf sie warten. Die Bank gehöre ja nicht ihr. Doris lächelte sie an. Flink eilte die junge Frau davon.

Schmunzelnd wechselte Cassie Blicke mit Doris' Enkelsohn, als sie diesen entdeckte, dann stellte sie sich hinter Jeremy an. Zuerst reagierte sie, als habe sie ihn noch nie gesehen. Doch dann drehte sie sich ganz leicht in seine Richtung und äußerte leise: »Danke, das war meine Rettung. Er musste echt dringend mal raus.«

»Gern geschehen«, kam es charmant zurück. »Das Wetter war super und das wollten wir ausnutzen. In den letzten Tagen habe ich andauernd mit meiner Oma über früher gesprochen.« Wie beiläufig kratzte er sich am Hals und schaute durch die Gegend. »Sie sagte mir, wie sehr sie deine Großeltern beneidete und auch bewunderte. Sie führten eine sehr gute und harmonische Beziehung miteinander. Es wirkte immer unglaublich liebevoll, wie dein Großvater deine Großmutter umsorgt hatte.« Er rückte ein klein wenig näher und flüsterte an ihr Ohr. »Ich hatte sogar den Eindruck, sie wünsche sich insgeheim ebenfalls so einen Mann.«

Erstaunt sah Cassie ihn an. »Echt?« Diese Aussage haute sie ein wenig um. Denn sie gab ihr innerlich die Hoffnung zurück, den Alten vielleicht doch noch erweichen zu können.

Jeremy nickte. »Sie mochte ihn früher sehr.«

Vorsichtig runzelte Cassie die Stirn und rückte in der Schlange zur Kasse auf. »Dann mag sie ihn jetzt wohl nicht mehr?«

»Keiner mag ihn!« Der Satz wog schwer, obgleich Jeremy versuchte, ihn etwas abzumildern. »Aber das liegt nur an der Sache mit deiner Großmutter und seinem Verhalten deswegen. Es regt die ganze Stadt auf, sodass alle gezwungen waren, sich von ihm zu entfernen.«

Genau das hatte Cassie befürchtet. Leise fluchte sie zum Himmel. »Verdammt! Und was soll ich dagegen machen? Er möchte nicht wegziehen. Das hat ihm mein Onkel schon angeboten, damit er neu anfangen kann und nicht ständig daran erinnert wird, was damals mit Großmutter passierte. Er meint jedoch, nur hier bei ihr sein zu können, in ihrem Haus. Ich denke, er kann nicht loslassen.«

Jeremy schnaufte, denn das würde er auch so interpretieren. »Ganz ehrlich, ich finde es traurig. Oma Dori hat mir berichtet, dass sie ihn oft sieht, wenn er hinter der Gardine steht und aus dem Fenster schaut, als wisse er nicht, wie er an der Welt teilnehmen solle. Alle sind glücklich um ihn herum, während er sich vergräbt und in Dunkelheit badet.«

Das brach Cassie fast das Herz. Sie kämpfte mit den Tränen. »Ich weiß und es tut mir unendlich in der Seele weh. Jeder Schritt mit ihm ist eine Zerreißprobe, aber ich will ihn nicht fallenlassen. Ich will, dass er wieder lachen kann und sich freut, bei uns zu sein. Das kostet mich all meine Nerven. Du kannst dir nicht vorstellen, was ich mir anhören musste, weil ich ihn heute nach draußen zerrte.«

Jeremy lachte. »Da habe ich es zum Glück viel einfacher. Meine Oma ist ständig mit mir unterwegs gewesen. Ich kam noch nicht einen Tag dazu, mal alle Viere von mir zu strecken, obwohl ich in den letzten Wochen wahrlich genug um die Ohren hatte und gerne mal faulenzen würde.«

Nun horchte Cassie neugierig auf. »Echt? Wie das denn? Ist deine Arbeit so anstrengend?« Darüber hatten sie nie gesprochen. Jeremy wusste, dass Cassie als Altenpflegerin in der Residenz tätig war, aber was genau Doris' Enkel machte, das wusste sie nicht.

Die zwei rückten ein wenig nach vorne und sahen sich an. Dann erklärte Jeremy: »Ich arbeite in einem Reiseunternehmen.«

Schlagartig wurden ihre Augen riesengroß. »Oh mein Gott, das ist ja super!«

»Mein Chef will bald in Rente gehen und ich soll das Geschäft weiterführen. Wenn das wirklich so weit ist, werde ich nicht mehr so oft vorbeikommen können, um meine Oma zu besuchen. Daher wollte ich die verbliebene Zeit mit ihr nutzen.«

Himmel, war das süß!

Cassie war gerührt über diese Aufopferung und betrachtete Jeremy noch etwas genauer. Er musste ungefähr in ihrem Alter sein, schien ihr aber sehr bodenständig und zielstrebig und nicht so chaotisch wie die meisten jungen Leute. Jeremy wusste genau, was er im Leben erreichen wollte, vergaß dabei aber nicht den Rest der Welt. Im Gegenteil, seine Liebe zu Doris Forrester überwältigte Cassie regelrecht, denn so etwas war Gold wert. Den musste man festhalten.

»Viele meiner Freunde verstehen das nicht«, gab Jeremy betroffen zu und kramte schon nach den ersten Münzen. Gleich war er an der Reihe. »Sie ziehen umher und gehen feiern. Die meisten haben keine Ahnung, was sie mit ihrem

Leben anfangen sollen und keine Lust, sich mit alten Leuten abzugeben. Dabei bin ich meiner Oma wahnsinnig dankbar. Sie hat mich gewissermaßen aufgezogen. Meine Eltern hatten nur wenig Zeit und sich selten um mich gekümmert. Als Mutterersatz hat sie einen wichtigen Platz in meinem Herzen und nimmt an allen Veränderungen meines Lebens teil. Ich könnte Dori nie zurücklassen.«

Als Cassie das hörte, musste sie automatisch an ihre eigene Geschichte denken. Auch ihr Großvater war ihr wichtig geworden. Gerade auch seit dem Tod von Ruth. Der einzige Unterschied war nur, dass sie von ihren Eltern beachtet wurde.

Der Eisverkäufer räusperte sich vor ihnen und holte sie in die Realität zurück.

Leicht verlegen lächelte Cassie zu Jeremy und machte mit einer Handbewegung deutlich, dass er an der Reihe sei. So charmant und zuvorkommend wie der junge Mann jedoch war, ließ er ihr den Vortritt. »Aber das geht doch nicht!«

»Ich bestehe darauf!« Er lachte. Dann zückte er sein Geld. »Und ich bestehe darauf, dir dein Eis zu bezahlen.«

Jetzt plättete er sie total. Vollkommen ernst sagte Cassie zurück: »Jeremy, das ist zu viel.«

»Niemals!«, betonte er und flirtete mit seinen Augen. »Also genieß es ruhig, denn es kommt von Herzen.«

Schon brachte er sie um ihren Verstand. Cassies Herz begann zu hämmern. Dann folgte sie ihm von dem Eiswagen weg.

Gewitterwolken

Kaum sah Doris das herzliche Bild von Cassie und Jeremy, hüpfte sie innerlich vor Freude. Die beiden gaben zusammen wirklich ein wunderschönes Paar ab. Genau das, was sie sich insgeheim wünschte.

Alfred neben ihr konnte diese Freude jedoch nicht so richtig teilen. Ihm war die Situation unangenehm. Mürrisch fragte er in den Nachmittag: »Die hat mich wohl vergessen?« Schon wollte der Alte aufstehen und diese schöne Szene zerreißen. Er wollte nach Cassie rufen, wo sie denn bliebe, weil er registrierte, nicht mehr beachtet zu werden. Seine Enkeltochter entfernte sich ein Stück mit Jeremy und schien fast in Gedanken zu schwelgen. Ein Bild, das ihm ins Herz einschnitt.

Bevor er Dummheiten machen konnte und den Traum seiner Enkelin mit seinen Gewitterwolken zerstörte, schaltete sich Doris ein. »Ach, lass sie nur die Sonne genießen. Sie sind noch so jung und scheinen sich gut zu verstehen.« Sie sah genau, wie Cassies Gesicht strahlte, als habe man ihr einen Gewinn angeboten. Etwas, das es gerade in den letzten Monaten fast nie gegeben hatte. Das musste auch Cassies Großvater merken.

Alfred Snow rümpfte die Nase. Er schluckte.

»Findest du nicht auch?«, hakte Doris etwas genauer nach, doch der Alte blieb stumm. Ganz so, als wolle er nichts dazu sagen. Dabei sah Doris ganz deutlich, wie es ihn beschäftigte.

Nach ein paar Minuten brummte er in sich und drehte den Kopf weg. »Dein Jeremy lenkt sie total ab. Das ist nicht gut für sie. Sie hat genug Ablenkungen gehabt, die sie schlecht behandelten.«

Jetzt musste Doris Partei ergreifen. In Windeseile herrschte sie ihn an: »Erstens lenkt *mein* Jeremy *deine* Cassie ganz bestimmt nicht ab, sondern redet nur mit ihr und wie mir scheint, sehr angenehm. Und zweitens weiß ich selbst, was sie verdient hat. Das Theater mit ihrem Ex-Freund Allan hat doch jeder hier in der Stadt mitgekriegt, als er sie in der Residenz vor allen Leuten runtergemacht hat.« Doris erinnerte sich genau an die Geschichte, weil das eine der wenigen war, in denen sie Cassie tatsächlich mal weinen gesehen hatte. Sonst wirkte die junge Frau immer sehr beherrscht und auch innerlich stark. Aber da war sie an ihre Grenzen geraten und hatte anstandslos den Halt verloren. Das hatte Doris damals unendlich leid getan und sie wünschte sich von Herzen, dass Cassie ihr Glück wiederfände. Dass es dabei vielleicht von Jeremy kommen könnte, der ebenfalls eine Menge Pech mit Frauen hatte, schien für sie ein Wink des Himmels zu sein.

Die beiden Alten schwiegen.

Erst nach einer Viertelstunde fragte Alfred schnippisch: »Wollte er dir nicht ein Eis kaufen gehen?«

Doris presste ihre Lippen zusammen. »Es ist nicht schlimm, dass er mich vergessen hat bei so einer reizenden Gesellschaft.« Zu sehen, wie Cassie und Jeremy lachend mit dem Eis über die Parkwiese schlenderten, versetzte Doris in ihre eigene Jugend zurück. »Da kann ich durchaus nachvollziehen, ein wenig abgelenkt zu sein.«

»Er scheint vergesslich zu sein und zudem leicht beeinflussbar. Wer weiß, was er macht, wenn eine andere Frau vor ihm auftaucht?«

»Was soll das denn heißen?« Erbost fuhr die alte Dame herum. »Jeremy ist bestimmt kein Casanova. Er meint es immer ernst mit Frauen, die nur selten mit ihm.«

Alfreds Augen wurden groß. »Soll das etwa heißen, Cassie spiele nur mit ihm? Na, du kannst was erleben, du alte Schachtel!«

Doris blieb der Mund offenstehen. Darauf wusste sie gleich gar nicht zu antworten, denn so hatte sie es auch nicht hinstellen wollen. Anstatt ein Kompliment zu hören, eine großartige Enkelin zu haben, da giftete der Griesgram sie an. Das ging eindeutig zu weit! Die beiden begannen sich von der Bank zu erheben und recht lautstark miteinander zu zanken, sodass sich die Unterhaltung wenig später in Richtung des Schuhwurfes entwickelte. Das Thema kam erneut zur Sprache.

»Bei so einem Grummel wie dir ist es kein Wunder, dass du allein in deinem Haus verrottest. Das nächste Mal schmeiße ich dir deinen Schuh an den Kopf. Vielleicht rückt er dann endlich mal ein paar Gehirnzellen gerade und bringt dir Manieren bei!«

Der Alte keifte zeternd zurück.

❄ ❄ ❄

Jeremy und Cassie waren so in ihre eigene Lage vertieft, dass sie den Streit erst bemerkten, als schon die Leute zu tuscheln begannen. Mit hochrotem Kopf presste sich die junge Altenpflegerin die Hand vor den Mund und stolzierte an Jeremys Seite zu ihrem Großvater zurück.

Dort verlangte sie umgehend eine Erklärung. »Was ist hier eigentlich los, Großvater?«

»Das würde ich auch gerne wissen, denn die alte Hexe hat dir unterstellt, ihrem Enkel etwas Schlechtes zu wollen!«

»Wie war das gerade?« Hatte er Doris *Hexe* genannt? Die freundliche, alte Dame war nah dran, dem Burschen eine zu klatschen. Jeremy schaffte es gerade noch so, ihre Hand in der Höhe zu halten, bevor sie niedersauste, verlor aber sein Eis und machte sich die Hose dreckig.

Sowohl Cassie als auch Doris schreckten dadurch zurück.

Mit verwirrtem Blick sah Jeremy seine Großmutter an. »Was soll das denn mit euch? Kann man euch nicht mal allein lassen?«

»Er hat behauptet, du würdest Cassie ablenken, schlecht behandeln und seist leichtfüßig und hinter Billigfrauen her.«

»Das habe ich überhaupt nicht, du Schwertfisch! Hör gefälligst zu, wenn ich den Mund aufmache oder kauf dir ein Hörgerät!« Auch Alfred wurde rabiater, sodass Cassie richtig eingreifen musste.

»Großvater!« Nun wurde es ihr zu bunt. Man starrte sie ja schon an. Peinlich betroffen, zerrte sie den Griesgram Richtung Ausgang, während Jeremy seine Großmutter in die andere Richtung lenkte. Dass die jungen Leute die Entwicklung bedauert hatten, schien den Älteren egal zu sein. Dafür könnte sich Cassie ohrfeigen.

»Ich will sofort zurück!«, bestand Alfred energisch.

»Keine Bange, das machen wir auch!« Es gab genug Klatsch für die nächsten paar Tage. Das reichte Cassie für heute. Sie schaffte es gerade noch so, einen wehleidigen Blick an Jeremy zu senden, der ebenfalls entschuldigend dreinschaute. Dann steuerte sie die Hauptstraße an. Nach einer halben Ewigkeit begann sie erst wieder mit ihrem Großvater zu reden. »Kannst du mir bitte mal sagen, was das alles zu bedeuten hatte? Was ist da überhaupt passiert, dass ich nicht mal ein Eis kaufen kann?«

»Ich weiß gar nicht, warum du mich mit in den Park genommen hast. Und ich verstehe nicht, warum ich neben dieser grauenvollen Person sitzen musste, während du ja eigentlich mit mir durch den Park gehen wolltest.«

»Doris Forrester ist doch nicht grauenvoll«, gab Cassie zu Wort. »Ihr beide seid Nachbarn und kennt euch seit Jahren.«

Der Alte wehrte ab, während sein Grundstück in Sichtweite rückte. »Das entstand allein durch Ruth, weil sie und Doris sich immer wegen der Blumen in den Haaren hatten. Diese Hexe wollte ihren Garten ebenso gestalten wie sie und konnte nicht begreifen, dass Ruth es eben besser konnte und dadurch den Fotografen auffiel. Sie kam in die Zeitung und wurde als Vorbild für viele Vorgärten angepriesen. Das gefiel dieser Forrester von Anfang an nicht, diese neidische Kuh!«

Cassie schüttelte den Kopf und schloss Alfreds Tür auf. Der Alte verhielt sich ja wie ein Schuljunge. Sie war sichtlich entsetzt. »Das hat nichts mit Neid zu tun, Großvater, sondern vielleicht damit, dass sie euren Garten einfach nur schön fand und es nachmachen wollte. Das tun andere Leute nun mal.«

»Sie hätte sich selbst etwas überlegen können, anstatt ihre Auffahrt mit weißen Kieseln zu dekorieren, nachdem deine Großmutter das mit unserer gemacht hatte. Kaum kaufte Ruth einen kleinen Baum zur Zierde, tat die Hexe ihr es gleich.«

»Weil sie dadurch animiert wurde und sicher nicht die Einzige war. Gerade auch, weil Großmutters Vorgarten von Fotografen geschätzt wurde, kann jeder ihren Stil kopieren. So soll es doch auch sein!«, erinnerte sie ihn, doch davon wollte Alfred nichts wissen.

In seinen Augen hatte Doris Forrester den Tod seiner geliebten Ehefrau ausgenutzt, um sich selbst ins Rampenlicht zu rücken. Er knallte die Jacke auf den Boden, sodass Cassie sich bücken musste und wetterte weiter: »Die ist halsstarrig und gewalttätig. Sie hat mir einen Schuh an die Schulter geworfen und fast meinen Kopf getroffen.«

Das verstand seine Enkelin nicht und kräuselte die Stirn. »Aber sie hatte doch noch beide Schuhe an, als ich euch bei der Bank erreichte?«

»Doch nicht da, sondern beim Vorfall mit dem Rasen.«

Jetzt leuchtete es Cassie ein, trotzdem gab sie Doris recht. Mit zufriedener Miene entgegnete sie: »Und das hat sie auch richtig gemacht, immerhin hast du den Schuh einem Kind zugeschmissen.«

»Weil es über meinen Rasen gelatscht ist und damit die wenige Ehre deiner Großmutter getreten hat, die mir noch geblieben ist.«

Wie war das gerade? Cassie stemmte die Hände in die Seite und wurde ganz plötzlich laut. »Die Würde deiner Frau ist längst im Boden versunken, seit sie vom Himmel aus sieht, was du hier unten veranstaltest!«

Der Alte fuhr getroffen herum.

»Du solltest dich schämen, Großvater, ständig nur anderen die Schuld zu geben und dich als Opfer darzustellen. Es reicht langsam! DU hast schließlich angefangen, alles und jeden von dir wegzustoßen und garstig zu behandeln. Nicht mal vor Kindern machst du halt, dabei warst du so gerne Lehrer und hast sie regelmäßig in dein Haus gelassen, um etwas mit ihnen zu unternehmen. Hast du das etwa alles vergessen?« Cassie stürmte Richtung Tür. »Ich habe dich immer bedauert, weil du so allein bist und die anderen aus der Familie nichts mehr von dir wissen wollen, aber langsam kann ich sehr gut verstehen, warum das so ist und habe den Eindruck, sie haben damit recht. Ich habe jedenfalls die

Schnauze voll und gehe! Es ist eine Schande, dass du dir die Welt drehst, wie du es willst. So funktioniert das nämlich nicht, weil du allen anderen damit weh tust! Mich eingeschlossen!« Sie knallte die Tür ran und eilte zum Auto.

Kaum saß sie drinnen und startete den Motor, da wünschte sich Cassie weit weg. Alles hätte so schön sein können, wenn Alfred nur nicht so grimmig wäre. Doris war doch gar nicht so schlecht und wohnte gleich gegenüber. Sie hätten Freunde sein können und nun war der Gedanke daran verpufft. Auch sie hatte endlich einen jungen Mann kennengelernt, der absolut traumhaft war und dann vermasselte ihr Großvater das Ganze mit seinem Charakter. Ihr stiegen Tränen in die Augen, aber erst, als sie ihre eigene Wohnung betrat und hinter sich die Tür verschloss, da flossen sie herab. Cassie weinte so bitter, dass sie glaubte zu ersticken. Der Ballast der vergangenen Monate stürzte einfach auf sie nieder, bis es später Abend war. Als sie auf ihr Handy starrte, leuchtete Jeremys Nachricht schon seit drei Stunden auf.

»Hey, tut mir leid, wie das gelaufen ist. Ich fand den Besuch im Park eigentlich toll. Schade, dass es so enden musste ☹*«*

Er hatte einen traurigen Smiley dahinter gemalt, der sie umso mehr deprimierte. Jeremy war großartig und Cassie hatte keine Ahnung, wie lange er hier noch verweilte. Mit diesem Gedanken im Hinterkopf sprang sie auf und schrieb eine Antwort.

»Ja, ich weiß. Das tut mir auch unendlich leid. Manchmal kann mein Großvater richtig gemein sein.«

Es dauerte eine Weile, aber dann kam eine SMS zurück, in der Jeremy betonte: »*Ich versichere dir, nicht mit dir spielen zu wollen. Und ich hänge mich auch nicht leichtfertig an andere Frauen.*«

Cassie musste grinsen, denn so hätte sie ihn auch niemals eingeschätzt.

»*Ich weiß. Hab noch einen schönen Abend.*«

Dann herrschte Stille. In ihrem Kopf gab es nämlich genug Dinge, über die sie nachdenken musste.

Dass der Abend auch für Doris' Enkel in einem Desaster endete, konnte die junge Frau ja nicht wissen. Jeremy saß nachdenklich auf der Couch und starrte recht lustlos auf den Teppichboden. Er merkte kaum, dass seine Großmutter ihm ein Getränk hinstellte, geschweige denn, wie sie fragte, ob alles okay sei. Erst beim zweiten Anlauf horchte er auf. »Was? Ja, ich … ich musste nur an Cassie denken. Sie sah sehr traurig aus, als wir uns trennten.«

»Mit diesem Griesgram an ihrer Seite hat sie es auch nicht leicht. Der kann einem das ganze Leben vermiesen.«

Nun legte er den Kopf schräg.

»Was? Ich habe mich doch schon bei dir wegen der Sache im Park entschuldigt! Was soll ich denn noch machen?«

»Darum geht es mir gar nicht, Oma«, wehrte Jeremy ab, ohne ihren Kosenamen zu nutzen. Er gab ihr keine Schuld am Verlauf des Nachmittages. »Sie macht das jeden Tag durch. Kannst du dir das vorstellen? Dabei würde sie gerne die Welt bereisen. Das hat sie mir gesagt, als wir im Park das Eis essen waren. Cassie war noch nie aus Lovelane raus, nicht mal in der Schulzeit. Wenn ich bedenke, wo ich unterdessen überall hingereist bin.« Er fuhr sich durch die struppigen Haare. »Der Alte hat sie doch voll in der Mangel. Das dürfen wir nicht zulassen! Sie verschenkt ja ihr ganzes Leben, ohne etwas erlebt zu haben.«

Die alte Dame schnaufte ergreifend, denn diesen Gedanken hatte sie öfter. Einsichtig rückte sie näher. »Und was hast du nun vor?«, wollte sie wissen, obwohl sie so aussah, als ahne sie etwas.

Jeremy zuckte mit den Schultern. »Keine Ahnung, aber ich würde mich gerne noch mal mit ihr treffen und auch gegenüber ihrem Großvater die Sache klarstellen wollen. Er scheint mich auf eine Art zu sehen, wie ich nicht bin.«

»Das weiß ich doch«, erwiderte sie. Doris sah ihn mitfühlend an. »Auch Cassie wird das wissen, sonst hätte sie ganz anders auf dich reagiert.«

»Können wir uns nicht irgendwie entschuldigen?«

Doris winkte energisch ab. »Aber ich habe doch gar nichts falsch gemacht, genauso wenig wie du. Wenn sich hier einer entschuldigen müsste, dann dieser alte Snow. Der kann mir gestohlen bleiben!« Mit diesen Worten machte sie deutlich, ganz sicher nicht kleinbei zu geben. Ohne einen weiteren Mucks eilte sie aus der Tür heraus.

Jeremy starrte zur Zimmerdecke. Er hatte das Gefühl, Kleinkinder vor der Nase zu haben, die sich wegen jedem falschen Satz in die Wolle kriegten. Und er hatte das Gefühl, etwas Wichtiges zu verlieren, das ihm gerade ans

Herz gewachsen war. Er kämpfte mit innerem Chaos, schließlich konnte er nicht ewig hierbleiben und wollte sich gerne mit Cassie aussprechen. Davon abgesehen, musste er zugeben, die junge Frau sympathisch zu finden. Sie verstanden sich immerhin auf Anhieb und das sollte etwas heißen bei seiner schlechten Frauenwahl.

Seufzend ließ er sich aufs Bett fallen und schloss traurig seine Augen. Da hatte er schon mal einen tollen Menschen treffen dürfen und dann kam das Schicksal mit einem Griesgram um die Ecke und riss ihm diesen weg.

Was machte er denn nun?

Hoffnungsschimmer

Ganze vier Tage lang herrschte Funkstille zwischen Doris und ihrem Enkelsohn. Wie sie an Alfred Snows Gardine bemerkte, musste es ihm ähnlich ergehen. Auch Cassie hatte sie nicht mehr erblickt, die Auffahrt zu Snow blieb leer. Sie schüttelte den Kopf und ärgerte sich darüber, denn so etwas war selten. Jeremy und sie waren meist eine Einheit, ein Herz und eine Seele. Sie hatten sich sonst alles erzählt, doch jetzt war es wie ausgestorben und Jeremy schlich als leblose Hülle durch ihr Haus.

Doris merkte schnell, wie schwer ihm das Erlebnis im Park zu schaffen machte. Ihr Enkel zog sich zurück und verlor an innerer Freude, die sie sonst so sehr an ihm schätzte. Die alte Dame atmete durch und kam eines Morgens in sein Zimmer gestiefelt, um einen Vorschlag zu unterbreiten. Das Ganze ging ihr zu sehr an die Nieren. »Warum laden wir Cassie und ihren Großvater nicht zu uns ein und sprechen uns alle mal aus?«

Prompt sah er sie an. Bis jetzt hatte Jeremy recht teilnahmslos auf dem Bett gelegen und Bilder auf seinem Handy durchgeblättert. Alles Orte, die er einst besucht hatte und Cassie gerne mal zeigen wollte. Doch nun sprang er auf und war wieder lebendig. »Wie meinst du das?«, wollte er voreilig wissen.

Doris zögerte kurz, bevor sie offenbarte, was ihr auf der Seele lag. »Es schmerzt mich, dich so leiden zu sehen. Die Sache im Park hat dich tief getroffen und ich möchte dir helfen, das richtigzustellen.«

Dankbar sah er sie an. »Und wie wollen wir das machen? Ich kann ja schlecht zu ihr rübergehen. Ich muss doch damit rechnen, dass der Kerl mich erschlägt. Wenn auch nur mit Schuhen.«

»Ich könnte ein Essen machen und sie zum Abend zu uns einladen. Das wäre genug Zeit, um auch Cassie zu kontaktieren. Natürlich bräuchte ich noch ein paar Sachen aus dem Supermarkt, damit auch ja keiner leer ausgeht, aber es wäre für alle eine Möglichkeit, sich miteinander auszusprechen.«

Jeremy fand die Idee hervorragend und wollte sogleich losflitzen, um alles Nötige zu besorgen. Mit neuer Hoffnung im Herzen sagte er: »Dann mach ich mich sofort auf die Socken. In den Nachrichten haben sie vor starkem Unwetter gewarnt, das uns am Abend ereilt.«

»Ich weiß«, bejahte Doris. »Sandra hat mich deswegen schon vertröstet, weil sie doch deine Hose flicken wollte.«

Ihr Enkel wehrte ab. »Das ist doch nicht wichtig, Oma Dori. Ich kann mir eine neue kaufen.«

»Das möchte ich aber nicht, also halt deinen Mund und tu mir den Gefallen!« Jetzt sah sie aus wie ein Feldwebel, die Arme in die Seite gestemmt, und brachte Jeremy zum Grinsen. »Sandra kommt vorbei, sobald die Lage besser ist und die Zeit es ihr erlaubt. Und dann flickt sie deine Hose und macht noch eine neue. Die hast du dir verdient nach deiner harten Arbeit mit meiner Laube.«

Ein Kuss landete auf ihrer Wange. »Du bist die Beste. Weißt du das?«

Erleichtert atmete Doris auf. Sie war froh, dass ihr Enkel seine alte Freude wiedererlangte. Das hatte sie vermisst. Zufrieden drückte sie ihm die Hand und sah ihn schon die Treppe runtersausen. »Pass auf, dass du nicht hinfällst!«, schrie sie ihm noch nach.

Doch das hörte er schon nicht mehr und war im Nu aus dem Haus.

Alles, woran Jeremy denken konnte, war Cassie. Im Geiste malte er sich schon aus, wie er ihr die Lage erklärte und sie neu zueinander fanden. Er freute sich so sehr, die junge Frau zu treffen, dass er sogar noch im Supermarkt mitten in seinen Gedanken hing, ohne zu merken, was um ihn herum geschah. Dass er just in dem Moment einkaufte, als auch Cassie den Laden besuchte, schien schon wieder ein Zeichen des Himmels zu sein. Die zwei stießen versehentlich mit ihren Wägen zusammen, als Jeremy nach einem Bund Möhren griff, während Cassie die Tomaten daneben haben wollte.

Überrascht sah sie ihn an. »Jeremy? Was machst du denn hier?«

Er lächelte und fuhr seinen Wagen direkt neben ihren. »Das passt ja wie perfekt. Ich wollte dich ohnehin noch einmal anrufen.«

Das hatte er schon zweimal versucht, aber Cassie hatte nicht geantwortet und es später dann scheinbar vergessen.

Sie knallte sich eine Hand gegen die Stirn und wirkte ganz plötzlich verlegen. »Verdammt! Tut mir unendlich leid. An deinen Anruf hatte ich gar nicht mehr gedacht. Es gab Probleme im Heim. Bitte entschuldige! Eine meiner Patientinnen hat heftig randaliert. Wir mussten sie mit Medikamenten ruhig stellen.«

Oh je! Das klang ja gar nicht gut. Mitleidig blickte Jeremy sie an. »Ich hoffe, es ist alles okay und keiner kam zu Schaden?«

Cassie wehrte ab. »Das passiert leider öfter, denn die Betroffene leidet an Demenz. Und wenn sie diese Zustände hat, dann weiß sie nicht mehr, wo sie ist und denkt immer, wir wollen ihr wehtun. Es ist schwer, jemandem in so einer Lage zu erklären, dass man eigentlich nur helfen möchte. An manchen Tagen kennt sie ja kaum meinen Namen, dabei kümmere ich mich seit drei Jahren um sie.« Schon wirkte sie abwesend und seufzte. »Sie erinnert mich dann immer an meinen Großvater und ich bete zu Gott, dass mir das mal erspart bleibt.«

Ganz kurz herrschte Stille. Auch, weil Jeremy nicht sofort wusste, was er ihr darauf entgegnen sollte.

Bevor er die Chance bekam, einen Satz zu formulieren, wechselte Cassie das Thema. Reumütig sagte sie: »Hör mal, wegen der Sache im Park, …«

Weiter ließ Jeremy sie gar nicht sprechen. Er schob den Wagen ein Stück in die Ecke, damit sie die anderen Einkäufer nicht störten. »Alles schon wieder vergessen. Glaub mir. Mach dir darüber keine Sorgen.«

»Aber es belastet mich seitdem«, gab die junge Frau offen zu. Sie strich sich eine Strähne zurück. »Ich habe mit meinem Großvater ja kaum mehr ein Wort gewechselt, geschweige denn ihn besucht. Um ehrlich zu sein, habe ich Angst, dass etwas passiert sein könnte, denn er meldet sich sonst immer bei mir. Doch auch das hat er nicht getan.«

»Oma Dori und ich haben auch fast vier Tage lang Stillschweigen gewahrt. Um ehrlich zu sein, wusste ich nicht, wie ich damit umgehen sollte.«

»Das tut mir unendlich leid«, wiederholte sie auf ein Neues. »Ich wollte nicht, dass es so endet. Ich wollte nur, dass er mal rauskommt und ein paar neue Gedanken erhält. Und nun weiß ich nicht mal, ob er noch lebt.«

»Vielleicht bedauert er den Vorfall ebenso und weiß nicht, wie er sich entschuldigen soll?«

»Das glaube ich nicht so richtig. Er wirkte wenig einsichtig auf mich.« Sie verzog die Stirn, als habe sie Kopfschmerzen.

Jeremy sah deutlich, wie unangenehm ihr die Lage war. Automatisch musste er schmunzeln, denn das machte sie umso sympathischer.

»Ich wollte euch da nicht mit reinziehen«, gestand sie ihm leise. »In all sein ganzes Griesgram-Dasein. Er ist so verbittert geworden, dass er gar nicht mehr erkennt, was er seinem Umfeld alles zumutet und er vergisst, dass er nicht allein der Leidtragende ist. Auch *ich* habe jemanden verloren, der mir sehr wichtig war. Und meine Mutter ebenso, immerhin war Großmutter ihre eigene Mutter. Das ignoriert er ständig und reitet nur auf seinem eigenen Schmerz herum. Manchmal macht mich das wahnsinnig und wenn er es dann schafft, mir einen so schönen Tag zu vermiesen ...« Cassie stoppte und blickte auf.

Ihre Augen glänzten vor Scham, als würde sie gleich losweinen. Jeremy musste sich beherrschen, die junge Frau nicht an sich zu drücken, um ihr ein wenig Trost zu spenden. Dann strich er ihr zärtlich über die Hand.

»Schon gut, ich bin nicht sauer«, beteuerte Jeremy. Er fühlte, wie ihre Finger seine streiften. »Ich bewundere dich sogar für das, was du mit ihm leistest. Das erfordert verdammt viel Kraft.«

»Wem sagst du das?« Unsicher trat Cassie von einem Bein aufs andere und zog ihre Finger zurück. Dann kam sie auf ihr eigentliches Anliegen zu sprechen. »Jedenfalls möchte ich mich noch einmal in aller Form bei deiner Oma entschuldigen. Es war nicht schön, was im Park passierte.«

»Das musst du nicht«, machte er ihr unmissverständlich klar und blieb so charmant wie immer. »Außerdem hatte Oma Dori eine ganz eigene Idee. Wir wollten euch nämlich zum Essen einladen. Heute Abend, wenn es euch passt? Dann könnten wir alle miteinander reden und die Sache aus der Welt räumen. Es ist nicht meine Art, solche Dinge im Raum stehenzulassen. Wer weiß, was sich noch entwickelt?«

Eifrig nickte sie und wirkte schon etwas fröhlicher. »Das ist echt super! Mir fällt ein Stein vom Herzen. Ich hasse es nämlich, Streit stehenzulassen. Gerade seit dem Tod meiner Großmutter macht mir das arg zu schaffen. Schließlich weiß ich nie, ob ich noch mal die Gelegenheit kriege, mich mit jemandem auszusprechen.«

Er bedachte sie mit einem strahlenden Lächeln. »Das kann ich verstehen.«

»Ich konnte kaum atmen und fühlte mich elendig«, gab sie schließlich zu. »Mir tat förmlich die Brust weh.«

»Mir auch. Ich konnte mich kaum konzentrieren, weil ich Angst hatte, du glaubst, was dein Großvater so über mich erzählte. Ich schwöre dir nämlich, dich nicht ausnutzen zu wollen. Und wenn ich dir die Schrauben fürs Dach bezahlen soll, dann mache ich das auch!«

Vehement schüttelte Cassie den Kopf. »Auf gar keinen Fall! Darauf bestehe ich! Da kann mein Großvater wettern, wie er will.«

Schon lachten sie sich an.

Nach einer kurzen Weile wies Jeremy auf den Einkaufswagen und nickte dann zu den Regalen. »Dann drehe ich mal meine Runde zu Ende und freue mich auf euer Erscheinen?«

Cassie nickte und biss sich verspielt auf die Lippe. Dann huschte sie aus Jeremys Blickfeld.

Sein Herz wurde leicht wie eine Feder, denn zum Glück war er dieses Problem losgeworden. Das hätte er sich sonst niemals verziehen.

Abendessen
mit Hindernissen

Ein anderes Problem ergab sich wenig später, denn wie wollte Cassie zu einem Abendessen mit ihrem Großvater zu den Forresters gehen, wenn er sich weigerte, mitzukommen? Die junge Frau konnte schon wieder fluchen, als sie Alfred nach dem Einkauf besuchte. Anstatt froh darüber zu sein, seine Enkelin wiederzusehen und nicht durch sein verletzendes Verhalten vergrault zu haben, maulte er sie schon wieder voll. Sie hatte kaum die Sachen verstaut, da fing er an.

»Ich gehe ganz bestimmt nicht mit zu dieser Hexe, um bei ihr zu Abend zu essen! Wer weiß, was die da reingemacht hat?«

Cassie verdrehte die Augen. »Großvater, sie will dich doch nicht vergiften! Sie will, dass wir uns alle mal aussprechen und über den Vorfall reden.«

»Es gibt nichts zu bereden!« Schon schlurfte er Richtung Wohnzimmer. »Außerdem läuft heute Abend meine Sendung und die will ich nicht verpassen. Du weißt genau, wie sehr deine Großmutter die Rätselshow geliebt hat!«

Das stimmte allerdings. Schon als Cassie klein war, liebte sie es, bei ihren Großeltern zu übernachten. Immer, wenn diese Sendung lief, saßen sie alle gemeinsam vorm Fernseher und rieten, was das Zeug hielt. In Erinnerung daran musste sie schmunzeln, kehrte aber sogleich zu den Fakten zurück. Ermahnend sah sie Alfred an.

»Wenn du je wieder normal behandelt werden willst und auch nicht mit mir brechen möchtest, dann ring dich zu dem Essen durch!« Ihr Blick war kalt wie Eis.

Der Alte begann zu schlucken. Das kannte er nämlich nicht.

Deutlich sanfter ergänzte Cassie: »Ich finde es eine wunderbare Geste und du kommst mal unter Leute.«

»Das war ich schon, als du mich in den Park gezerrt hast und wo endete das Ganze? Wir haben vier Tage lang nicht miteinander geredet, dabei habe ich gar nichts falsch gemacht.«

Genau dafür wollte sie ihn schelten, tat es aber aus Gutmütigkeit nicht, um ihn nicht zu verärgern. »Keiner hat etwas falsch gemacht«, ergriff Cassie Partei für alle Anwesenden. »Darum geht es ja auch. Dass wir uns zusammensetzen und alles bereden. Es scheint nämlich ein Missverständnis vorzuliegen und ich finde es schade, es nicht aufklären zu können.«

Alfred Snow brummte sie an. »Ich habe keine Lust, bei Doris Forrester zu Abend zu essen. Ich habe auch keine Lust, ihren Enkel wiederzutreffen und mich aus meiner gemütlichen Wohnstube zu quälen. Wozu denn auch? Es soll heute Abend regnen. Du verlangst jawohl nicht im Ernst, dass ich bei diesem Wetter zurück in mein Haus latsche? Dann werde ich ja klitschnass! Die alte Schachtel kann doch zu uns kommen.«

»Hier in dieses Haus?« Dass er Frau Forrester schon wieder eine *Schachtel* nannte, versuchte Cassie zu ignorieren. Stattdessen wies sie mit dem Kopf umher, um Alfred einen Wink zu geben. In ihren Augen war sein Haus nämlich nicht wirklich für Gäste gemacht.

Der Alte sah sich um und kratzte sich am Kinn. Dass Cassie die letzten Tage nicht nach ihm gesehen hatte, hatte seine Spuren hinterlassen. Das Haus sah unsauber aus. Überall lagen Sachen herum und die Möbel zierte ein dünner Staubfaden. So könnte er niemals Gäste empfangen, schon gar keine, die es vermutlich gewohnt waren, in einem sauberen Haus zu speisen. Flink schlappte er durch die untere Etage und holte sich einen Lappen. Mit dem fuhr er über die Anbauwand und die seitliche Kommode im Flur. Anschließend rückte er eines der Bilder an der Wand gerade, das etwas schief aussah und eilte zurück zur Couch. Dort lag eine Zeitung, die er heute Morgen noch hatte lesen wollen, aber nicht dazu gekommen war, weil er eine interessante Sendung im Fernseher gesehen hatte. Cassie war eben erst angekommen gewesen, als er ihr davon erzählt hatte. Fast hektisch schob er sie unter den Tisch und blickte dann wirr umher.

Als Cassie das bemerkte, geriet sie ins Stocken. »Ist alles okay mit dir?«, fragte sie vorsichtig und sah Alfred neugierig an.

Der wedelte mit dem Arm und machte ihr ein Zeichen, aus dem Weg zu gehen. »Lass mich durch! Ich muss aufräumen!«

»Jetzt?« Was war denn auf einmal in ihn gefahren?

Er nickte sie von der Seite aus an. »Diese alte Hexe glaubt doch nicht, dass ich bei ihr abendessen werde. Wenn sie eine Aussprache will, dann soll sie gefälligst zu mir kommen!«

Einerseits war Cassie nahe dran, sich erneut eine Diskussion mit ihrem Großvater zu liefern, aber andererseits musste sie schmunzeln. Sein Haus für Besuch zu säubern, hatte er lange nicht mehr getan. Allein die Vorstellung, jemanden hierher einzuladen, schlug Alfred jedes Mal aus. Cassie schaffte es kaum, ihre Eltern zu ihm zu chauffieren, weil er sich so garstig wehrte. Ihn nun sagen zu hören, er müsse aufräumen, damit Jeremy und Doris bei ihm essen könnten, plättete die junge Frau buchstäblich.

»Die beiden kommen nicht zu uns, Großvater«, erinnerte Cassie in deutlichem Tonfall. »Wir gehen rüber.« Ihre Hand wies aus dem Fenster, doch schon wieder wetterte der Alte los, sich bestimmt nicht zu Doris dirigieren zu lassen.

»Heute Abend soll es regnen, ich bin doch nicht verrückt! Wenn die zwei eine Aussprache wollen, dann nur in meinen eigenen vier Wänden. Basta! Sollen sie doch durch den Regen latschen, das wäre mir nur recht.«

Egal, wie oft Cassie versuchte, auf ihren Großvater einzureden, es brachte rein gar nichts. Alfred Snow wich nicht davon ab. Am Ende musste sie sich geschlagen geben und half ihm, das Haus halbwegs herzurichten, damit sie Gäste empfangen konnten. Anschließend rief sie Jeremy an, um ihn über den Ortswechsel zu informieren.

Als Doris Forrester mit ihrem Enkel zur Abendstunde eintrudelte, entschuldigte sich Cassie mehrmals. Ihr Gesicht fühlte sich dermaßen warm an, als glühe sie innerlich. Aufgeregt öffnete sie den beiden die Tür.

»Er wollte partout nicht zu euch gehen«, sagte sie an Jeremy gewandt, »weil er Angst hatte, deine Oma könne ihn vergiften.« Cassie achtete darauf, leise zu sein, denn sie wollte Doris nicht kränken.

Jeremy lachte. Dann schüttelte er seinen Kopf. Alle Lebensmittel hierherzubringen, damit sie diese bei Alfred zubereiten konnten, um dessen Misstrauen zu besänftigen, war etwas umständlich gewesen. »Ich muss sagen, es war eine Herausforderung, Omas Küchenutensilien mitzuschleppen, aber für dich tue ich das gerne.« Charmant zwinkerte er ihr zu.

Jetzt wurde sie glatt noch roter als vorher. »Das tut mir sowas von leid.«

»Er scheint nur schwer versöhnlich zu sein?«

»Wenn du wüsstest!« Während Cassie nach Doris' Anleitung den Braten zubereitete, unterhielt sie sich weiter mit Jeremy. Dabei linste sie gelegentlich ins Wohnzimmer, wo die zwei Älteren saßen. Sie wollte sich vergewissern, dass die sich nicht an die Gurgel sprangen.

Frau Forrester hatte an einem Ende der Couch Platz genommen und ihr Großvater am anderen. Beide starrten wie benebelt auf den flackernden Bildschirm, ohne wirklich an der Sendung interessiert zu sein. Sie sprachen kein Wort miteinander, wagten es kaum, zu zucken. Wie sie da ihre Fronten klären wollten, stand noch in den Sternen.

Jeremy beruhigte Cassie und meinte zuversichtlich: »Zumindest hat er uns eingelassen und sich sogar etwas Passendes angezogen.«

Alfred Snow trug eine saubere Hose mit einem der guten Oberteile, die Cassie bewusst für Besuche beim Arzt eingekauft hatte. Es war zwar kein Anzug, aber ein Anfang.

Die junge Altenpflegerin dagegen hatte sich in ein leichtes Kleid geworfen und Jeremy etwas den Atem geraubt. Sie hatte es an seinem Blick erkannt und freute sich sichtlich darüber. Immerhin hatte Cassie nicht allzu viele Gelegenheiten, ein Abendessen zu genießen. Daher wollte sie das auskosten, wenn auch mit zwei Leuten, die sich zum Leid ihres Selbst nicht ausstehen konnten.

»Ich bin mir noch nicht so sicher, ob es eine gute Idee war? Irgendwie habe ich Magengrummeln.«

»Vermutlich, weil du Hunger hast?« Jeremy stupste sie grinsend an und nickte Richtung Stube. »Also mach dir nicht so viele Sorgen, noch haben sie sich ja nicht erschlagen.«

»Der Abend geht auch gerade erst los«, witzelte Cassie zurück. Dann verstaute sie den Braten im Backofen und lief an Jeremys Seite ins Wohnzimmer. Dort machte sie es sich neben ihm auf der Couch bequem.

Nun füllten sie zu viert das riesige Sofa aus. Cassie mit ihrem Großvater Richtung Wand und Jeremy mit Doris nach vorne zur Tür. Die Alten saßen dabei genau an den Außenseiten, während die zwei jungen Leute die Mitte zierten. Gelegentlich kamen ihre Finger zusammen. Es bescherte Cassie Gänsehaut. Auch Jeremy schien nervös zu werden, denn er schaute sie immer mal an. Und die Art, wie er das tat, mit diesem Lächeln auf den Lippen, das erinnerte Cassie an Teenagerzeiten. Prompt wandte sie sich verlegen ab.

»Wollen wir eine Sendung einschalten?«, fragte Jeremy. »Damit es nicht so langweilig ist?«

Ungeniert hangelte Alfred nach der Fernbedienung auf dem Tisch und schaltete seine Quizshow an.

Als Cassie sich deswegen erklärte, beruhigte Doris sie mitfühlend. »Das ist schon okay, meine Liebe. Immerhin ist es sein Haus und ein wenig Rätselraten vor dem Essen tut uns allen ganz gut.« Obwohl sie es nicht böse meinte, schien Alfred das zu verstehen.

»Die denkt wohl, ich habe nicht mehr alle Tassen im Schrank?«, grummelte der Alte leise. »So wie der Rest in der Stadt. Sie vergisst wohl, als was ich gearbeitet habe?«

Schlichtend griff Cassie ein und legte ihm eine Hand an den Arm. »Großvater, Frau Forrester wollte dich sicher nicht beleidigen, sondern nur die Zeit bis zum Essen überbrücket wissen.«

Darauf ging er gar nicht ein, suchte nach seiner Sendung und war schon ganz Ohr. Kaum kam die erste Frage, schmetterte er voller Überzeugung die Antwort in den Raum. Die anderen horchten auf. »Das weiß doch jedes Kind«, gab Alfred Snow an. Natürlich hatte er recht und grinste zufrieden in sich.

Wie lautete der frühere Name von Istanbul?
Metropolis, Delphi, Herat oder Konstantinopel?

Auch das wusste der Alte und tippte sofort auf letzteres.

Beeindruckt äußerte Jeremy: »Sie sind ja echt schlau, Herr Snow!«

Alfred zeigte vor Freude die Zähne. »Ich war Lehrer, du Jungspund. Was glaubst du, was ich mir merken musste?«

Dass er zunehmend Spaß an dem Abend hatte, sah Cassie ihm deutlich an. Und dass er Jeremys Bildungsstand diffamierte, nahm Doris' Enkel ihm zum Glück auch nicht übel.

Bei der nächsten Frage, welches Gebirge Europa und Asien teile, war Doris diesmal schneller, noch bevor alle Antworten verlesen waren.

Der Alte sah sie grimmig an. Ganz so, als stehle sie ihm die Show. Das Duell begann, bei dem sich Cassie am liebsten im Boden vergraben hätte. Das Ganze war ihr megapeinlich, als sich die beiden Frage um Frage durch den Abend zockten.

Jeremy hingegen kam nicht drumherum, ein wenig zu schmunzeln. Leise sagte er Cassie ins Ohr: »Oma Dori macht Kreuzworträtsel. Fast jeden Tag. Das könnte interessant werden, wenn er denkt, es gegen sie zu schaffen.«

Und in der Tat, Frau Forrester und Alfred Snow waren so in ihrem Element, dass es richtig heiter wurde. Selbst Cassie brachte das zum Lachen und bemerkte kaum den zunehmenden Regen. Dann sah sie auf die Uhr und begab sich in die Küche. Das Essen musste aufgetischt werden, denn der Braten war gleich fertig.

Kaum, dass die Sendung ihr Ende erreichte, da nahmen sie alle Platz. Die Alten mit leuchtenden Augen, als hätten sie einen Preis gewonnen.

Zuerst sagte keiner ein Wort. Fast wirkte es wie auf einer Beerdigung, weil sie schweigend das Mahl genossen. Erst nach ein paar Minuten fasste sich Doris ans Herz und dankte für die Einladung.

»Wir haben zu danken«, mischte sich Cassie blitzschnell ein. Vor Aufregung rückte sie sich die Brille gerade. »Ich meine, danke, dass wir uns noch einmal zusammensetzen und wegen der Sache im Park reden wollen. Das ist mir immer noch unangenehm.«

»Aber nicht doch«, wehrte Frau Forrester ab. Sie sah Cassie mitfühlend an. »Das war alles nur ein dummes Missverständnis und sicher von niemandem so gemeint, oder?« Nun fuhr Doris mit dem Kopf herum und wollte Richtung Alfred blicken, um den Alten darauf anzustoßen. Der biss jedoch nur in den Braten und kaute ihn genüsslich durch.

Als er auch nach dem Herunterschlucken nicht antwortete und schon den nächsten Bissen anvisierte, musste sich Cassie räuspern. »Großvater, ich glaube, Frau Forrester redet mit dir!«

Nun sah Alfred sie an und dann durch die Runde. Ohne sich stören zu lassen, zeigte er mit der Gabel auf die vielen Speisen vor sich. »Wir essen, Liebes. Da gehört es sich nicht, zu reden.«

Obwohl er damit durchaus recht hatte, empfand es Cassie beleidigend. Sie erinnerte ihn: »Aber wenn man gefragt wird, schon.«

Darauf ging er nicht ein und aß einfach weiter.

Jeremy und Doris wechselten Blicke. Keiner wagte es, zu widersprechen.

Cassie räumte die leeren Teller ab. Sie verdeutlichte Alfred, dass sie bereit war. »Hast du vielleicht jetzt Zeit, darüber zu reden? Immerhin sind wir alle hier, um das Kriegsbeil zu begraben. Findest du nicht auch?« ›Oh, bitte, vermassele mir das nicht wieder!‹ Das war alles, woran Cassie denken konnte. Ihre Lippen bebten förmlich.

Jeremy linste sie an. Einem wahren Gentleman gleich griff er das Gespräch auf und beteuerte gegenüber Snow: »Ich möchte mich noch einmal in aller Form bei Ihnen entschuldigen, sollte ich einen falschen Eindruck im Park hinterlassen haben. Ihre Enkelin zu hintergehen oder was immer Sie auch denken, habe ich wirklich nicht vor. Im Gegenteil, ich bin froh, Cassie kennengelernt zu haben und muss zugeben, sehr angetan von ihr zu sein.«

Kaum offenbarte man ihr dies, wurde die junge Frau unweigerlich rot. »Wirklich?«, piepste Cassie. Sie verschluckte sich fast am Wasser.

»Oh ja! Ich kenne hier außer meiner Oma nicht allzu viele Leute. Da ist es schön, jemanden zu treffen, mit dem man so wahnsinnig viele Gemeinsamkeiten hat. Das gab es bei mir in letzter Zeit selten.«

»Wie schade! Dabei bist du so ein herzensguter Kerl.«

Auf diese Bemerkung hin versank er beinahe in ihren Augen.

Cassie biss sich verspielt auf die Lippe. Erst, als Doris ihr eine Frage stellte, fuhr sie herum.

»Meine Liebe, wärst du so gütig, mir das Badezimmer zu zeigen? Ich möchte mich gerne kurz frischmachen.«

»Aber sicher doch.« Sofort sprang Cassie auf und zeigte Doris den Weg. »Gleich neben der Treppe. Dort ist unser Gästebad drinnen.«

Alfred rümpfte die Nase und starrte den Frauen nach. Eine Minute später war Cassie schon wieder bei ihm.

Als sie sah, wie er sie musterte, presste sie ihre Lippen zusammen. »Großvater, ist alles in Ordnung?« Er wirkte ein wenig verwirrt.

»Ja, ja. Ich weiß nur nicht, warum du sie ins Bad gelassen hast?«

»Das fragst du jetzt nicht ernsthaft?« Schon geriet ihr Blut in Wallung. Entsetzt zog sie ihn zur Seite. »Frau Forrester möchte sich frischmachen. Du wirst ihr ja wohl hoffentlich nicht auch noch den Toilettengang verwehren?«

»Für wen hältst du mich eigentlich?«, zeterte er los.

Dass er dabei zu laut wurde, merkte Cassie an Jeremys Reaktion. Er schaute sie an und blickte auf eine Art, als frage er sich, ob sie Hilfe benötigte.

»Das war nicht böse gemeint, nur eine Frage.« Cassie versuchte, die Lage zu entschärfen.

»Wirklich? Mir schien, als wolltest du mich als unfreundlich darstellen, dabei war ich mir nur nicht sicher, ob wir das Bad auch genug geputzt hatten. Das obere ist doch viel sauberer.«

Auf einmal sah sie ihn an. Daran hatte Cassie tatsächlich nicht mehr gedacht. Denn weil er die meiste Zeit im Wohnzimmer hockte, benutzte er das obere kaum.

»Also hoffe ich, du hast daran gedacht, eine neue Klopapierrolle in die Vorrichtung zu hängen. Nicht, dass ich mir dann anhören darf, meine Gäste ohne Papier zu lassen.« Schon stapfte er davon.

Nun musste Cassie lachen. Dann schüttelte sie den Kopf. »Der macht mich echt noch wahnsinnig mit seiner ganzen Art.« Und, dass er jemals wieder so denken würde, hatte sie nicht geglaubt.

»Alles gut?«, fragte Jeremy nach. »Oder soll ich dir helfen?«

Dankbar wehrte sie ab. »Er wollte nur wissen, ob ich genug Klopapier im Gästebad verstaut habe. Nicht, dass deine Oma dann urplötzlich leer ausgeht.«

»Wie überaus freundlich von ihm.« Auch in seiner Stimme schwang deutliche Überraschung. »Der Abend scheint ihm gut zu gefallen?«

»Das hoffe ich doch.«

»Mir gefällt er total.«

Schon wieder flirtete er sie an. Cassies Herz pochte stärker. Gerade in dem Moment, als sie etwas sagen wollte, zuckte es durch den Raum. Ganz hell und klar. Und danach ging einfach das Licht aus.

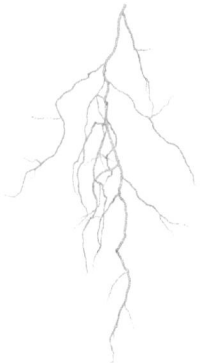

Planänderung

Was genau während ihres Aufenthaltes im Bad im Hause von Snow geschah, das wusste Doris nicht. Sie wusch sich gemütlich die Hände und dachte an den Abend zurück. Natürlich hatte sie mitbekommen, was zwischen Cassie und Jeremy passierte. Und natürlich sah sie auch, dass es Alfred Snow nicht passte. Wenn sie verhindern wollte, dass der Griesgram erneut die Beziehung zerstörte, musste sie sich etwas einfallen lassen. Denn gerade die zwei hätten einander wahrlich verdient.

Zufrieden grinste sie ihr Spiegelbild an und hatte auch schon einen Einfall. Ihn in die Tat umzusetzen, schaffte sie jedoch nicht, denn kaum trat sie aus dem Bad, da war es auf einmal stockfinster.

»Jeremy?«, fragte sie vorsichtig. »Cassie, Liebes?« Sie tastete an der Wand entlang und bekam ein wenig Angst.

»Frau Forrester, bleiben Sie bitte dort stehen«, hörte sie Cassie sagen. »Es ist alles in Ordnung. Ein Blitz muss die

Sicherung herausgehauen haben. Jeremy und ich arbeiten schon daran.«

Die Stimme kam aus Richtung Küche. Doris hörte Geräusche, als würde dort jemand herumwerkeln. Sie wusste, dass es in der Küche vom Snow eine kleine Nische gab. In dieser hatten die Techniker einen Sicherungskasten angebracht. Ruth hatte das einmal erwähnt, als Alfred versehentlich eine Leitung getroffen hatte, als er etwas reparieren wollte. Doris erinnerte sich genau, wie Ruth damals schimpfte, dass er in Zukunft die Handwerker holen sollte. Nun fasste sie sich an die Brust und betete, die zwei würden fündig werden.

Es schlurfte neben ihr. Dann vernahm sie die Stimme vom Snow. »Geht es Ihnen gut?«

Doris fuhr herum. Sie hatte ganz vergessen, wie freundlich er klingen konnte. Das war sie fast nicht gewohnt. Und er klang, als mache er sich Sorgen. »Ich denke schon. Und Ihnen?«

Den Harten spielend, wehrte er ab, als könne ihn nichts erschüttern. »Ein bisschen Dunkelheit stört mich nicht. Bleiben Sie, wo Sie sind. Ich suche nach den Taschenlampen.«

Doris vernahm seine Schritte. Sie schlurften über den Flur. Dann öffnete er eine Schublade und kramte darin herum. Anschließend fluchte er leise, als könne er die Lampen nicht finden.

»Brauchen Sie Hilfe?«, fragte sie.

Schon wieder wehrte er ab. »Das ist mein Haus. Ich weiß schon, wo alles ist. Zumindest, wenn Cassie es nicht weggeräumt hat.« Er zog ein anderes Fach auf und rief dann in die Küche: »Wo hast du die Taschenlampen hingetan? Die liegen doch immer in der Kommode.«

Cassie reagierte nicht.

Der Alte schnaufte hörbar aus. »Wenn man nicht alles selber macht, …« Schon wollte er den Flur verlassen, als ein weiterer Blitz durchs Haus zuckte.

Doris fuhr zusammen und wäre fast gestolpert. Der Blitz erschreckte sie so sehr, dass sie an die Wand taumelte. Auch der Regen schlug wild gegen die Fenster und sorgte für weitere Aufregung. Ihr Herz schlug bis zum Hals. Sie hörte es ganz deutlich und musste zugeben, zunehmend in Panik zu geraten. Auf einmal fühlte sie Hände, die sachte nach ihr tasteten. Alt, aber stark und zudem ganz warm. Es waren die vom Snow.

»Haben sie sich erschreckt? Ich habe Sie gegen die Wand fallen hören.«

»Oh, ich … ich mag Gewitter nicht sonderlich«, gab Doris ganz offen zu. »Eine solche Naturgewalt kann man nur schwer kontrollieren. Mir graut schon immer, wenn ich in den Nachrichten sehe, was die so alles anrichten können.«

»Ja, Ruth hat sie auch gehasst«, entgegnete Alfred freundlich. »Wenn sie gekonnt hätte, wäre sie unter jeden Tisch gekrochen, der in der Gegend stand.«

Doris musste schlucken und schloss ganz kurz die Augen. Alfreds Hand lag immer noch an ihrem Unterarm. Als wolle er ihr damit signalisieren, nicht allein zu sein.

»Soll ich Sie ins Wohnzimmer bringen? Das schaffe ich auch ohne Licht.« Er wartete gar keine Antwort ab, sondern fasste nach ihren Fingern. Dann zog er sie in Richtung der Couch, bis sie diese erreicht hatten.

Vorsichtig nahm Doris Platz und hörte es neben sich atmen. Der Alte setzte sich zu ihr. Vermutlich, damit sie keine Angst mehr hatte. Sie musste auf einmal schmunzeln, denn das hätte sie nicht erwartet. Solch eine fürsorgliche Geste, wie er sie einst nur für Ruth übriggehabt hatte. Dankbar griff sie nach seinen Fingern. »Das ist sehr lieb von Ihnen, hier mit mir zu warten.«

Zunächst sagte er gar nichts, als suche er nach Worten. Dann meinte er nur: »Sie sind mein Gast und da ist es meine Pflicht, für Ihre Sicherheit zu sorgen. Wer weiß, was ich mir von den Leuten sonst noch alles anhören darf, wenn Ihnen bei mir etwas zustößt?«

Doris wollte eben etwas erwidern, da ging auf einmal das Licht an. Erleichtert atmete sie auf. Dann lugten Cassie und Jeremy zu ihr ins Wohnzimmer herein.

Die junge Frau hob ihre Brauen, auch Jeremy sah neugierig aus. »Wie ich sehe, habt ihr es zur Couch geschafft?«, fragte ihr Enkel. »Und seid auch ruhig geblieben.«

Seinem Blick folgend merkte Doris erst jetzt, dass Alfred noch immer ihre Finger festhielt. Auch dem Alten war das scheinbar entgangen, denn ganz plötzlich löste er sie. Dann sprang er hurtig auf und wuselte herum.

»Ich hörte Frau Forrester gegen die Wand fallen. Da habe ich sie zur Couch gebracht. Nicht, dass sie sich noch den Knöchel verstaucht und ich die Rettung holen muss.«

Ganz kurz erhaschte Doris einen Blick in seine Richtung, bevor er sich zu Cassie drehte. Alfred Snows Augen hatten einen seltsamen Ton. Er wirkte sehr aufgewühlt und auch besorgt. Doch wenige Sekunden später schimpfte er schon wieder los.

»Ich habe die Taschenlampen gesucht. Wo hast du sie eigentlich hingetan?« Wütend zog er die Stirn kraus.

Cassie hob die Hand. Sie hielt eine in den Fingern, ebenso wie Jeremy. Das klärte die Frage. »Ich habe sie genommen, damit wir nach dem Sicherungskasten suchen können. Irgendjemand kam scheinbar auf die Idee, den kleinen Schrank davorzuschieben? Den mussten wir erst einmal wegrücken.«

Nun presste Alfred die Lippen zusammen und ging an ihr vorbei. Er sah aus, als wäre ihm etwas eingefallen, sagte aber nichts weiter. Erst in der Küche angekommen, fragte er nach dem Kasten. »Und funktioniert jetzt wieder alles oder muss ich die Techniker holen?«

Anstelle seiner Enkelin antworte ihm Jeremy. »Die Sicherungen sind wieder drin, Herr Snow, aber wie ich dem Wetter draußen entnehme, wird es nicht besser werden. Wir werden wohl noch eine Weile hier bleiben müssen. Sofern das in Ordnung geht?«

Er wandte sich an Cassie, deren Augen schon zu leuchten begannen. Dann hatte sie eine Idee. »Ihr könnt auch hier übernachten, wenn die Lage zu brenzlig wird. Großvater hat ein Gästezimmer und ich schlafe gern auf der Couch.«

Der Alte bekam große Augen.

Auch Doris winkte ab. »Das ist bestimmt nicht nötig, aber danke für das Angebot. Wenn es etwas ruhiger ist, hilft Jeremy mir sicherlich rüber.«

»Und wenn sie ausrutschen, Frau Forrester?«, gab Cassie zu bedenken. »Der Regen hat alles aufgeweicht.« Die junge Frau wies aus dem Fenster.

Alle schauten gemeinsam durchs Glas und folgten dem stürmischen Regen. Bereits jetzt sah der Rasen so aus, als habe er für die nächsten Wochen genug. Sogar Pfützen bildeten sich in der großen Einfahrt.

Doris begann zu seufzen. »Ach herrje!« In der Tat war das ein Dilemma. »Es gießt ja wahrlich in Strömen.« Was sollten sie denn nun machen?

»Na, welch ein Glück, dass wir hier gegessen haben«, äußerte Alfred dazu. »Ich hätte nicht über die Straße gehen wollen. Da nützt einem auch kein Regenschirm weiter.«

Die vier Leute sahen sich an. Dann fasste Jeremy nach Cassies Arm und begann mit ihr zu tuscheln. Was genau die zwei besprachen, das hörte Doris nicht. Aber sie sah in den Augen ihres Enkels, dass er sich sichtlich Sorgen machte und wenn sie daran dachte, die Nacht hier verbringen zu müssen, da wurde ihr ganz anders. Um sich etwas abzulenken, schlenderte sie in die Küche. Dort füllte sie den Geschirrspüler und stellte ihre Sachen zusammen. In leicht unsicherem Ton äußerte sie in Richtung der Stube: »Wir können unsere Materialien bestimmt auch morgen erst holen. Ich würde nur ungern mit ihnen durch den Regen gehen wollen.«

Schon lenkte Jeremy ein. »Wir werden gar nicht nach draußen gehen, Oma Dori. Das Wetter ist viel zu schlecht.« Ein weiterer Blitz untermauerte das Ganze, gefolgt von mächtigem Donnergrollen.

»Und was machen wir dann?«, wollte sie wissen.

»Wir warten«, schlug Cassie vor und nickte den anderen zu. »Vielleicht wird es ja besser? Kann ich unterdessen noch etwas anbieten?«

Doris winkte ab.

Auch Alfred verneinte deutlich. Die Tatsache, dass eventuell alle in seinem Haus die Nacht verbringen müssten, gefiel dem Alten gar nicht. Man sah es ihm förmlich an. Seine Hand wies in die erste Etage. »Ich habe nur zwei Zimmer und eine Couch. Ich teile mein Bett sicher nicht mit jemand anderem hier.«

Jeremy musste schmunzeln. Auch Doris blickte beschämt zu Boden, während Cassie leicht rot anlief. »Das hat auch niemand verlangt, Großvater. Du kannst dein Zimmer für dich haben. Ich schlafe gern auf der Couch. Frau Forrester und Jeremy können das Gästezimmer nutzen.«

Prompt machte der Alte ganz große Augen. Selbst Jeremy lenkte ein. »Das kann ich nicht annehmen. Schließlich ist es euer Haus. Ich warte gern noch etwas. Der Regen muss doch schwächer werden?«

Vermutlich irgendwann. Doch als nach weiteren Stunden noch heftiger Wind dazukam, änderte sich die Lage. Am Ende einigten sie sich darauf, dass Alfred in seinem Zimmer verblieb. Die Frauen nahmen das Gästezimmer und Jeremy schlief auf der Couch. So könnte er gleich beim Stromkasten sein, sollte es erneut Probleme geben.

Als die Zeiger der Uhr nach Mitternacht standen, teilte Cassie die Decken aus. Die Lage war ihr sichtlich peinlich. Auch gegenüber Doris sprach sie das an, als diese sich eben bettfertig machte. »Es tut mir leid, dass Sie heute hier verharren müssen.«

Doris nahm es gelassen. »Ach was. Das ist doch nicht deine Schuld. Keiner konnte ahnen, wie schlimm das Wetter noch werden würde.«

»Ich hatte mir das anders vorgestellt und wollte die Wogen glätten.«

»Das glaube ich gern, aber manchmal kann man das eben nicht beeinflussen und so eine kleine Planänderung haut mich nicht um. Keine Bange!«

Die junge Frau schnaufte. Dann legte sie ihre Haare nach hinten und schlüpfte unter die Bettdecke. Dorthin, wo Doris schon saß. »Großvater war gegen das Essen«, gestand sie Frau Forrester endlich. »Hier hat lange keiner mehr außer ihm geschlafen. Nicht einmal ich.«

»Schon gut, es gibt Schlimmeres.« Für Doris war das nicht tragisch. »Ein paar Sachen haben wir ja gefunden«, äußerte sie. Ebenso wie Cassie trug sie Schlafsachen aus früheren Zeiten. Die hatte Alfred in einem der Kartons aufbewahrt, von denen er sich noch nicht trennen konnte. Cassie hatte ihr gesagt, dass es sich um Ruths Sachen handelte. »Und ich bin geehrt, sie tragen zu dürfen.«

»Danke, Frau Forrester.«

Jetzt reichte es ihr aber! »Bitte sag Doris zu mir. Oder gerne auch Dori, so wie Jeremy mich nennt.«

Cassie lachte sie an. »Ihr Kosename.«

»Er hatte als Kind Probleme beim Sprechen und musste zum Logopäden. Zum Glück hat sich das bald gegeben.«

»In der Tat, er spricht sehr gut und findet genau die richtigen Worte.« Als sie das sagte, stieg Cassie eine leichte Röte ins Gesicht.

Doris sah es auf ihren Wangen. Schmunzelnd rückte sie näher. »Er mag dich, Liebes. Das weiß ich genau.«

»Ich mag ihn auch.«

»Wenn ihr euch treffen wollt, dann nur zu. Am Samstag haben wir gar nichts vor. Du kannst also gerne vorbeikommen. Er freut sich bestimmt, dich zu sehen.«

»Das haben wir wohl gemeinsam.«

Die Frauen sahen sich an. Dann drückte Doris Cassie die Hand und wünschte ihr eine angenehme Nacht. Ob sie selbst ruhig schlafen könnte, wusste sie aktuell nicht. Einerseits freute sie sich, wie es zwischen den jungen Leuten gefunkt hatte, aber andererseits musste sie an den Griesgram denken und daran wie warm seine Hand gewesen ist. Das liebte sie an Männern!

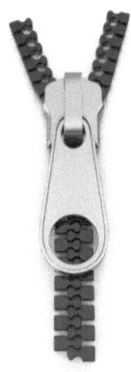

Missverständnisse

Alfred schaute aus dem Fenster. Genau rüber zu Doris'
Grundstück. Das Abendessen war zwei Tage her gewesen,
doch noch immer musste er daran denken. Es war
komisch, andere im Haus gehabt zu haben. Irritierend,
als er Doris begegnet war, im Schlafhemd seiner toten
Frau. Da hatte sie in der Küche gestanden und wollte
allen ein Frühstück machen. Sie hatte ihn ganz erstaunt
angeblickt und scheinbar nicht damit gerechnet, dass so
früh schon jemand wach sei. Als sie ihn schließlich ent-
deckt hatte, hatte sie flink ihre Sachen geholt, als glaubte
sie, etwas Böses getan zu haben. Dabei hatte er es nett
gefunden, mit Frühstück geweckt zu werden. Auch jetzt
zauberte es ein Lächeln auf sein Gesicht, als er sich daran
erinnerte. Und er musste daran denken, wie erschrocken
sie gewesen war, als im Haus das Licht versagt hatte. Ihm
war sogar, als habe ihre Hand gezittert. Alfred hatte Ruth
vor Augen gehabt, deswegen hatte er nach ihrer Hand

greifen müssen. Etwas in seinem Inneren hatte ihn dazu gezwungen. Ihr zu helfen, sie zu schützen, einfach für sie da zu sein. Er hatte gar nicht anders gekonnt und fühlte noch immer einen Stich in der Brust. Etwas, das ihn seltsam lähmte.

Alfred schluckte betroffen. Dann wischte er sich übers Gesicht, ging zurück zum Tisch und blätterte seine Zeitung durch. Cassie wollte vorbeikommen. Aber nur kurz, hatte sie ihm am Telefon gesagt. Sie habe noch etwas Anderes vor. Was genau das sei, hatte sie ihm nicht verraten, aber ihrer Stimme am Telefon nach, schien es für sie wichtig zu sein.

Die Zeitung schlug er wieder zu, er konnte sich nicht konzentrieren. Stattdessen schlappte er in die Küche und schaute nach dem Müll.

»Halbvoll«, murmelte er sich zu. Nachdenklich kratzte er sich am Kopf. »Ich wechsle ihn lieber.«

Ohne Zeit zu verlieren, holte er den Beutel aus dem Eimer und legte einen neuen ein. Dann band er den alten zusammen und trug ihn vor die Tür. Als er unerwartet den Kopf hob, bog ein Auto in Frau Forresters Einfahrt. Neugierig schaute er rüber.

Eine junge Frau stieg aus und klingelte. Sie trug recht freizügige Sachen und hatte noch etwas im Arm. Als Doris ihr die Tür öffnete und ihr Blick zufällig den seinen streifte, zuckte der Alte zusammen.

Hastig eilte er zurück und verschloss dann seine Pforte. Nervosität war in ihm hochgekrochen, als er ihr Lächeln bemerkt hatte. Natürlich wusste er, dass es nicht ihm gegolten hatte, sondern vermutlich der Frau. Aber trotzdem war es seltsam und am Ende kam er sich dämlich vor.

»Ach!«, zischte er und wartete geduldig, bis Cassie endlich kam.

Als seine Enkelin die Tür aufmachte, strahlte sie ihn an. »Hallo Großvater! Wie hast du geschlafen?«

»Wie soll ich denn geschlafen haben? So wie immer natürlich in dieser Stadt.«

Darauf ging sie gar nicht ein und machte sich an die Arbeit. »Ich wasche dir schnell deine Wäsche und schaue deine Lebensmittel durch. Brauchst du noch etwas oder kann ich dich allein lassen?«

Jetzt murrte er sie an. »Bist du es etwa leid, mich zu umsorgen?«

Augenblicklich hielt sie inne. »Natürlich nicht!«, kam es erbost. »Du bist mir wichtig. Das weißt du doch?«

»Und warum fertigst du mich dann ab, als sei ich ein Tier und bedeute dir nichts?«

Cassie wirkte ertappt. »Wirklich? Das tut mir leid, das wollte ich nicht. Ist es dir denn lieber, wenn ich noch etwas bleibe?«

»Wenn du auch so mit den Leuten in der Residenz umgehst, brauchst du dich nicht zu wundern, dass ich mich dagegen entschließe. Wir Älteren haben ebenfalls Rechte.«

»Natürlich habt ihr die.«

Er hörte an Cassies Tonfall sehr deutlich, wie mies sie sich fühlte. Reumütig verzog sie den Mund. Dann sagte er: »Iss mit mir und erzähl mir etwas. Was mit dem

123

Jungen ist, der mir über den Rasen latschte, hast du mir auch nicht berichtet.«

Kaum erwähnte er dieses Thema, wurde Cassie lauter. »Dazu sage ich auch nichts weiter. Dass dein Verhalten falsch war, hast du hoffentlich verstanden?«

»Wenn es falsch gewesen wäre, hätte ich längst eine Anzeige erhalten«, winkte er ab und setzte Wasser auf. Er klang so garstig wie immer. »Vermutlich haben die Eltern des Jungen nur erkannt, dass sie im Unrecht waren. Ist immerhin mein Grundstück, dass er zertreten hat.«

Sie schnaufte neben ihm und schloss ganz kurz die Augen.

Alfred hob die Brauen. »Was?«, fragte er an seine Enkelin gewandt. »Ich kenne meine Rechte. Der Bengel hatte den Wurf verdient.«

Cassie sah ihn an, als ringe sie mit sich selbst. In ruhigem, mütterlichem Ton sagte sie: »Ich weiß, dass du ein gutes Herz hast, Großvater. Und ich weiß, dass es dir unendlich leid täte, wenn der Kleine sich ernsthaft verletzt hätte. Stell dir mal vor, er hätte eine Brille aufgehabt und deren Gläser wären durch deinen Wurf zerbrochen. Solche Scherben können die Augen eines Kindes für immer zerstören.«

Ganz plötzlich stockte ihm der Atem. Alfred musste an Edith denken. Eine Klassenkameradin aus der Grundschulzeit. Die war als Kind gestürzt und hatte sich so die Brille zerschlagen. Einer der Splitter hatte sich tief in ihr Auge gebohrt, sodass sie nie wieder sehen konnte. Er erinnerte sich noch an ihren Schrei, damals auf der

Wanderung. Cassie konnte das nicht wissen, denn er hatte es nie erzählt. Umso elender fühlte er sich jetzt, als er daran denken musste.

Als könne seine Enkelin mitten in seine Gedanken blicken, lächelte sie ihn an. »Das habe ich mir gedacht.«

»Was?«, fuhr er hoch. »Was hast du dir gedacht?«

»Dass du niemandem schaden wolltest.« Sanft strich sie ihm über die Hand. Dann widmete sie sich der Wäsche.

Cassie blieb tatsächlich noch etwas länger. Sie sprach mit ihm, lachte sogar und machte ein paar Witze. Alfred fand es großartig, merkte aber auch, dass sie dauernd zur großen Wanduhr schielte, als habe sie einen Termin. Nach dem gemeinsamen Mittagessen entließ er sie schließlich aus seinem Haus.

»Und nun geh und mach, was du machen wolltest.« Er steuerte schon zur Tür, um sie ihr freundlich aufzuhalten.

Ein Kuss landete auf seiner Wange. Cassie blickte ihn an. Dann war sie weg und er wieder allein. Allein mit sich in seiner Welt.

❄ ❄ ❄

Jeremy schaute auf die Uhr. Sichtlich nervös trat er von einem Bein aufs andere und durfte sich deswegen von Sandra schon einen Tadel anhören.

»Kannst du endlich mal ruhig halten?«, schimpfte sie erneut von unten. Sandra hockte auf ihren Knien und steckte mit ein paar Nadeln den unteren Saum seiner Hose ab. »Du bist ja schlimmer als ein Kleinkind.«

Das Grinsen in ihrer Stimme entging Jeremy keineswegs, doch leider entging Sandra, dass er für diese Anprobe gar keine Zeit hatte. »Ich bin mit Cassie verabredet«, informierte er sie streng. »Kannst du nicht etwas schneller machen oder morgen wiederkommen?«

»Erstens passieren in Eile oft Fehler und zweitens möchte ich morgen wegfahren. Also bleib einfach ruhig stehen, dann sind wir im Nu fertig.«

Jetzt vernahm er ein Klingeln an der Haustür und hörte seine Großmutter sprechen. Das musste Cassie sein. »Ich glaube, sie ist da.« Schon wollte er zu seiner Jeans fassen, um die kaputte Hose zu wechseln, die er anhatte, und bekam einen kindlichen Klaps. »Hey, was soll das denn?«

Sandra schüttelte ihren Kopf. »Du bist ja wirklich schlimmer als ein kleines Kind. Deine Angebetete tut mir jetzt schon leid.«

Der Kommentar schmerzte. Schnaufend sah er sie an. Dann folgte eine Entschuldigung. »Es tut mir leid, Sandra. Wirklich. Eigentlich bin ich nicht so unfreundlich gegenüber Frauen, und sehr dankbar für deine Hilfe, aber dein Besuch passt mir nicht in den Zeitplan. Ausgerechnet heute habe ich etwas Anderes vor.«

Sie schielte grinsend zu ihm herauf. »Sie muss dir ja wirklich wichtig sein?«

Jeremy nickte. »Allerdings. Es war ein Glücksgriff, sie zu treffen. Ich hatte bisher nur Pech mit Frauen und gerade meine Ex belagert mich immer noch. Ich habe deswegen extra mein Handy unten liegen gelassen, damit Bethany mich nicht stört. Außerdem wollte ich längst schon fertig sein.« Gespannt horchte er nach draußen. Dann vernahm er ein leises Bimmeln. Das musste der Wecker in der Küche sein, denn seine Großmutter hatte Törtchen gebacken. Die wollte er morgen zu Alfred bringen. Als kleine Wiedergutmachung für die ungeplante Übernachtung letztens. Jeremy wusste von Cassies Erzählungen, wie sehr er Gebackenes liebte. Das sollte den Griesgram erweichen. Neugierig fragte er daher: »Wie lange glaubst du, dauert es noch?«

»Nun … die Maße habe ich alle, um dir eine Hose zu machen. Deine kaputte nehme ich mit und am Mittwoch bring ich dir beide vorbei.«

»Super! Großartig!« Schon zerrte Jeremy am Stoff, denn er glaubte, Geräusche auf der Treppe zu vernehmen.

»Nicht so schnell! Warte doch, der Reißverschluss! Wenn du ihn kaputtmachst, muss ich den auch noch ersetzen.«

Das wollte er natürlich nicht und versuchte, so sachte wie möglich zu sein. Auf einmal ging jedoch gar nichts mehr. Die Hose ließ sich nicht öffnen. »Was ist denn jetzt wieder?«

Sandra erhob sich und sah ihn dann an, die Nadeln in ihrer Tasche verstaut. »Oh je! Du hast wohl den Stoff mit dem Reißverschluss verhakt. Das kommt davon, wenn man sich keine Zeit nimmt und alles nur husch husch macht.« Lachend fasste sie ihm an den Bund. Dann zerrte sie selbst. »So was aber auch? Das Ding ist ja ganz schön festgerammelt.«

Als er sah, wie sie abrutschte, musste er stöhnen. Sandra trug künstliche Fingernägel. Wie Frauen mit so etwas arbeiten konnten, war ihm bis heute noch schleierhaft und diese Situation bestätigte diesen Gedanken. Sie konnte ja kaum richtig zufassen.

»Ich kriege den verdammten Schiebergriff nicht weitergeschoben.«

»Bei deinen Nägeln auch kein Wunder. Lass mich es nochmal versuchen.« Schon wollte er sich nützlich machen, da schlug sie ihm auf die Hand.

»Lass mich, ich nehm die Zähne. Das hatte ich schon einmal. Halt nur dein Shirt etwas hoch, damit ich an den Reißverschluss komme.« Dann ging sie erneut auf die Knie.

Für Jeremy wurde es unangenehm. Er fuhr sich über den Mund. »Mann, ist das peinlich!«

Unter ihm lachte es. »Peinlich ist es erst, wenn deine Angebetete reinkommt, während ich mit dem Mund an deinem Hosenbund hänge. Das zu erklären, könnte echt witzig sein.«

Jeremy legte den Kopf in den Nacken und stöhnte in Richtung Zimmerdecke. Womit hatte er das nur verdient? Bis jetzt war alles so gut verlaufen, doch seit er Alfred Snow getroffen hatte, glaubte er, vom Pech verfolgt zu werden. Ständig hinterließ er einen falschen Eindruck und gerade vor Cassie wollte er das nicht.

Es knarrte und dann öffnete sich die Zimmertür. Niemals hätte er damit gerechnet, dass es nicht Doris sein könnte. Umso erschrockener war er, als Cassie ins Zimmer lugte.

»Oh mein Gott! Ich wollte nicht …«, brabbelte sie ganz durcheinander und bekam einen hochroten Kopf.

Schlagartig versteifte sich Jeremy. Denn so, wie er hier in der Zimmermitte stand, den Kopf in den Nacken gelegt, das T-Shirt gehoben und Sandra mit dem Mund an einer Stelle, die intimer nicht sein könnte, … Er wollte sich gar nicht ausmalen, wie das auf die junge Frau wirkte und verlor Farbe im Gesicht.

»Cassie, warte! Das ist nicht so, wie es aussieht. Ich schwöre es dir!«

Schon eilte sie aus dem Zimmer.

Sandra fuhr herum. »Ups! Na, du bist ja vom Glück gesegnet«, äußerte sie ironisch.

Jeremy drückte sie von sich. Dann stürmte er Richtung Tür und wäre fast auf sein Handy getreten. Das musste ihm Cassie nach oben gebracht haben. Mit einem flüchtigen Blick registrierte er drei verpasste Anrufe von Bethany. Auch das noch! Hatte sie die etwa gesehen?

»Cassie! Warte bitte!«

Die Haustür fiel ins Schloss.

Dann kam Doris um die Ecke und starrte ihn irritiert an. »Was hast du denn gemacht?«

»Was *ich* gemacht habe? Gar nichts, außer diese dämliche Hosensache in Angriff zu nehmen, auf die ich jetzt zunehmend sauer werde. Denn Cassie hat etwas gesehen, das sie vermutlich missversteht und das muss ich ihr jetzt erklären.« Panisch griff er zur Tür.

»Sie wollte dir dein Handy bringen«, äußerte Doris im Hintergrund. »Du hattest einen Anruf.«

»Der war von Bethany, weil sie vermutlich aus der Suchtklinik raus ist und jetzt wieder Geld braucht. Ich habe es nicht ohne Grund im Flur liegen lassen. Ich wollte den Anruf nicht annehmen.«

»Ach herrje!« Doris wirkte betroffen.

Doch darum konnte sich Jeremy nicht kümmern. Er ließ die Schuhe einfach stehen, denn es dauerte viel zu lange, sie anzuziehen und eilte barfuß aus dem Haus. Wenn er dieses Missverständnis nicht aufklärte, könnte er Cassie für immer verlieren.

Apell ans Herz

Cassies Autotür knallte zu. Alfred horchte auf. Dann startete sie den Motor und brachte ihn zum Heulen. Genau das machte den Alten stutzig, denn Cassie raste nie. Im Gegenteil, sie war stets bedacht, sich an die Gesetze zu halten. Neugierig geworden, ging er ans Fenster und sah seine Enkelin mit rotem Gesicht, die Augen leicht verheult. Was hatte das denn zu bedeuten? Cassie fuhr weg, noch bevor er etwas machen konnte.

»Da muss was passiert sein!«, murmelte er zu sich und ging sofort zur Eingangstür. Kaum hatte er sie geöffnet, erblickte er Jeremy.

Der junge Mann rannte ohne Schuhe hinter Cassies Auto her. Sein Hosenstall stand halboffen und er wirkte sichtlich konfus.

Bei Alfred gingen die Alarmglocken an. Ohne Zeit zu verschwenden, schritt er auf Jeremy zu. Fragend sah er ihn an. »Was hast du gemacht? Wollte sie etwa zu dir?«

»Herr Snow, das … das tut mir leid. Wir waren verabredet gewesen und Cassie hat etwas gesehen, das nicht so gemeint war.«

Erneut fiel Alfreds Blick direkt auf seinen Hosenstall. »Deine Hose steht ja halboffen. Was hast du mit ihr getrieben? Ich sollte dich anzeigen!«

»Das ist nicht so, wie es aussieht«, schwor er ihm ritterlich.

Genau in dem Moment tauchten auch Doris und diese junge Frau auf, die Alfred noch nicht kannte. Sie legte die Hand auf ihren Mund. Dann nahm sie sie wieder weg und biss sich auf die Lippe. »Oh verdammt! Sie denkt doch nicht etwa …?«

Jeremy fuhr herum. »Natürlich denkt sie das. Das hat sie doch auch gesehen.«

Während Jeremy zu diskutieren begann, verstand Alfred rein gar nichts mehr. Und das, was er sah, passte mit dem, was er hier erlebte, auch nicht wirklich zusammen.

»Hast du meine Enkelin unsittlich bedrängt?«

»Wie war das?« Doris machte große Augen, als der Alte näherkam. »Das hat Jeremy sicherlich nicht. Sandra sollte wegen der Hose von ihm Maß nehmen.«

»Und Cassie hat es gesehen. Sie wird sonst was von mir denken.« Jeremy raufte sich die Haare.

»Das habe ich ja gleich gewusst!«, wetterte Alfred los. »So wie er auftrat, musste es ja so kommen.«

Jeremy hörte ihm gar nicht mehr zu, sondern wandte sich zu Doris' Haus ab. »Ich muss ihr nach.«

»Soll ich die Sache erklären?«, bot Sandra sich umgehend an.

Doch Jeremy winkte ab. »Du hast genug getan. Ich muss sie jetzt erst einmal finden und hoffe, dass sie mir zuhört.« Er eilte von der Straße runter.

Alfred verzog seinen Mund. Er wusste nicht, was los war. Nur, dass seine geliebte Enkelin vor lauter Freude gestrahlt hatte, als sie bei ihm ankam. Doch als sie jetzt sein Grundstück verließ, hatte sie fast geweint. »Was hat er getan?«, verlangte er erneut zu wissen und blitzte Doris an.

Frau Forrester schnappte ihn sich. Dann zog sie ihn Richtung Eingang seines eigenen Hauses und lotste ihn auf einen Stuhl. »Jetzt hör mir mal zu!«, begann sie wie ein Soldat, den Zeigefinger erhoben. »Jeremy hat gar nichts Unsittliches mit deiner Cassie getan. Er hatte sich beim Bau meiner Laube die eigene Hose zerrissen. Also bat ich meine Freundin Annie, uns ihre Tochter zu schicken, denn Sandra ist Schneiderin. Sie sollte bei Jeremy Maß nehmen und ihm eine neue Hose machen. Dann muss etwas passiert sein.«

»Wer weiß, was er mit dieser Sandra getan hatte, als Cassie dazukam.«

Doris plusterte sich auf. »So einer ist Jeremy nicht.«

»Wirklich? Und warum stand er dann barfuß, mit halboffener Hose direkt auf der Straße?« Sie wollte die Lage erklären, doch Alfred hörte nicht zu. Stattdessen murrte er enttäuscht: »Für mich sagt das schon alles. Andauernd denken die Kerle, mit ihr machen zu können, was sie wollen. Sie ist viel zu gut für sie. Auch für deinen Jeremy. Das habe ich gleich erkannt.«

Wütend schnaubte sie ihn an. Anscheinend war das zu viel gewesen. »Jetzt hör mir mal zu! Wenn du nicht möchtest, dass deine Enkelin genauso ein Griesgram wird wie zu, solltest du etwas unternehmen. Sie mag Jeremy nämlich und er mag sie ebenso. Ehrenhaft natürlich. Willst du etwa, dass sie ein Leben lang allein bleibt und auf die ganze Welt sauer ist?«

»Natürlich will ich das nicht!« Tränen sammelten sich in seinen Augen. »Cassie ist das liebenswerteste Geschöpf, das ich kenne. Sie hat nur das Beste verdient. Einen Mann, der sie auf Händen trägt und eine eigene kleine Familie.«

Sie tippte ihm auf die Brust. »Und genau das könnte sie haben, wenn ihr Großvater nicht ständig alles vermasseln würde.«

»Was habe ich denn damit zu tun?«, fragte er Doris unwissend. »Ich war nicht derjenige, der mit halboffener Hose bei einer anderen Frau war.«

»Aber du bist derjenige, der ständig auf Jeremy herumreitet. Oder denkst du, ich würde die Spitzen nicht merken, die du in seine Richtung schießt?« Frau Forrester brummte. Dann sah sie ihn flehend an. »Ich weiß, dass deine Cassie Pech mit Männern hatte. Stell dir vor, Jeremy ging es ebenso. Die Frauen haben ihn ausgenommen, betrogen und benutzt. Er wünscht sich eine gute Seele genauso wie deine Cassie. Und wenn du die Augen aufmachen würdest, könntest du sehen, wie gut die zwei einander tun. Ich habe deine Enkelin lange nicht mehr so strahlen gesehen und auch Jeremy ist hin und weg. Hast du nicht bemerkt, wie sie sich immer angeschaut haben?«

Hustend wehrte er ihre Hand ab. »Das wäre ja noch schöner. Der Kerl hat mir noch gefehlt.«

Gerade, als der Grummel von ihr Abstand nehmen wollte, hielt Doris ihn zurück. Auf dominante Art machte sie ihm deutlich, was hier gespielt wurde. »Hier geht es nicht um dich, Snow. Begreif das doch einmal. Also hör auf, dich dauernd in den Mittelpunkt zu spielen und alle um dich verrückt zu machen. Du hast im Leben gelitten? Sicherlich. Aber das haben andere auch und die können nichts dafür. Cassie am wenigsten. Doch weil du sie so sehr einnimmst und alles um dich zerstörst, tust du ihr weh. Siehst du das denn nicht?«

Auf einmal wurde ihm flau, denn Doris hatte recht. Das erkannte Alfred plötzlich.

Und weil sie zu merken schien, wie er nachdachte, appellierte sie erneut an sein Herz. »Denkst du nicht, sie hat mal etwas Glück in ihrem Leben verdient, bei dem, was sie jeden Tag so leistet? Mit ihrem Job und auch dir? Gönn ihr das doch mal oder soll sie zum Griesgram wie du mutieren, auf den ganz Lovelane sauer ist?«

Er plusterte sich auf. »Wie hast du mich genannt?«

»Du weißt genau, wie ich dich genannt habe und ich weiß, wie du mich immer nennst.« Mutig sah sie ihn an. »Wir beide wissen, was wir voneinander halten, aber um uns geht es hier nicht. Wir haben zwei junge Menschen, die sich wirklich mögen und einen ganz dummen Irrtum, der sie auseinander treibt. Erinnere dich an deine erste Liebe, Snow, wie du dich damals gefühlt hast. Hat sie dir nicht Flügel gegeben und auch einen Sinn? Wie hättest du dich wohl entwickelt, wenn dies durch ein Missverständnis nie zustande gekommen wäre?«

Jetzt musste er grübeln. Auch das merkte sie.

Bittend legte sie eine Hand an seinen Arm. »Du hast Jeremy doch kennengelernt. Hattest du den Eindruck, er würde sie nur benutzen? Und bitte urteile nicht nach deinem verbitterten Empfinden, sondern dem, was du sehen konntest und dem, was du weißt.«

Seufzend gab er sich geschlagen. Dann schüttelte er seinen Kopf. »Nein, er wirkte sehr freundlich und ehrlich auf mich. Und er scheint gute Manieren zu haben.«

Erleichtert atmete sie auf. »Die hat er auch, denn *ich* habe ihn großgezogen.«

Die beiden blickten sich an.

»Jeremys Eltern hatten kaum Zeit für ihn. Ihr eigenes Leben war ihnen lieber, daher nahm ich ihn mir an. Er ist ein guter Junge, Snow«, betonte sie mit gütigen Augen. »Und er würde auch Cassie nur gut behandeln und sie auf Händen tragen. Sie könnte genau das Leben bekommen, was sie verdient hat, und zwar an seiner Seite. Aber wenn wir nichts unternehmen, wird das nie passieren, weil sie denkt, er sei so, wie du ihn ständig beschreibst.«

»Flatterhaft und abgelenkt?«

Sie nickte ihn an.

»Und was machen wir jetzt?« Leicht ratlos rieb er sich die Stirn. »Sie wird bestimmt niemanden sprechen wollen, so aufgewühlt wie sie war.«

Doris grinste. »Aber trotzdem wird sie dich besuchen. Da kommt sie nicht drumherum. Und wenn du mir hilfst, das wieder geradezurücken, hat sie eine Chance auf das Glück, das sie verdient.«

Hatte sie das wirklich? Oh wie er ihr das wünschen würde, aber Alfred war sich nicht so sicher. Seit er seine Frau verloren hatte, glaubte er, nur noch von Dunkelheit umgeben zu sein und dass sich diese auch Cassie zuwandte. »Ich weiß nicht, ob ich so viel bewirken kann«, murmelte er fast zu leise und senkte den Kopf.

Doris hob ihn wieder an. »Mehr als du denkst. Das habe ich erlebt. Also, machst du mit und wir zwei begraben das Kriegsbeil? Cassie zuliebe?« Sie hielt ihm die Hand entgegen.

Er drückte zu und nickte. Dann blickte er herab. Doris hatte weiche Hände. Genauso wie seine Ruth.

Ziemlich schlechtes Timing!

Sichtlich durcheinander wartete Cassie im Café, in dem sie sich immer mit ihrer Freundin Andrea traf. Die trudelte sogar recht zeitnah bei ihr ein und nahm fröhlich neben ihr Platz. Als sie Cassies Miene erblickte, eine Mischung aus Verwirrung, Wut und Traurigkeit, gab sie einen Seufzer von sich.

»Oh ha! Was ist denn mit dir passiert?«

Cassie schaffte es nicht, normal zu sprechen. Stattdessen sprudelte alles aus ihr heraus, auch die Tränen in ihren Augen. Dann erzählte sie von dem gestrigen Tag, an dem sie sich mit Jeremy treffen wollte.

Andrea hörte aufmerksam zu und verzog gelegentlich den Mund. Dass sie überhaupt einen klaren Satz verstand, grenzte fast an ein Wunder. Denn Cassie war so aufgelöst, dass fast jedes Wort gebrochen über ihre Lippen drang.

»Kannst du dir vorstellen, wie ich mich gefühlt habe?«
Cassie schniefte in ihr Taschentuch. Dann sah sie zu
Boden und atmete aus. Noch traute sie sich nicht,
Andrea anzuschauen. Fast so, als erwarte sie einen Tadel.
Dabei schämte sie sich eigentlich, so dumm gewesen zu
sein. »Zuerst sehe ich drei verpasste Anrufe auf seinem
Handy von einer gewissen *Bethany* und dann das. Ich
hätte doch merken müssen, dass ein Mann wie er nicht
echt sein kann!«

»Moment, Moment!«, versuchte Andrea sie zu be-
ruhigen. »Vielleicht klärt sich das Ganze ja noch?«

»Hast du mir überhaupt zugehört?«, fragte Cassie aufgelöst.

»Ja, hab ich«, entgegnete Andrea und seufzte.

»Was muss sich denn da noch klären? Für mich ist das
alles ganz eindeutig.«

Andrea hob ihre Hand. »Ich brauch was zu trinken, am
besten mit Alkohol. Das muss ich erst mal verdauen.«

»Und ich erst.« Alfreds Enkelin schüttelte betrübt ihren
Kopf. »Dabei hatte ich mich so sehr gefreut, Jeremy getroffen zu haben. Er wirkte immer so ehrlich, herzlich
und absolut gut. Wenn ich beobachtete, wie er mit Doris
umging, musste ich automatisch an Großvater denken
und seine Art früher mit Großmutter.«

»Kein Wunder, dass dann ein Haken kam. Solche
Männer gibt es nicht.«

»Wie kann er mir so etwas antun? Und dann hing sie
auch noch mit ihrem Mund an seinem Schritt. Gott, wie
billig ist das denn bitte?«

»Oder dämlich«, korrigierte Andrea umgehend und war froh, dass der Kellner auftauchte. Der stellte ihr ein Glas ab, von dem sie sofort kostete. »Ich meine, hätte er das besser mit dieser Tussi zeitlich aufeinander abgestimmt, hättest du sie gar nicht bemerkt.«

Dafür erntete sie einen tödlichen Blick.

»Was?« Andrea zuckte die Schultern. »Du sagtest doch selbst, wegen deines Großvaters recht spät dran gewesen zu sein. Da hätte er wissen müssen, dass du irgendwann auftauchst. Sich dann so ein Flittchen einzuladen, die gewisse Sachen tut, ist schon ziemlich dämlich, oder nicht? Immerhin hätte ihn auch seine Großmutter dabei erwischen können.«

Auf einmal hielt Cassie inne. »Oh mein Gott! Daran habe ich gar nicht mehr gedacht. Die arme Doris.« Beschämt vergrub sie ihre Hände.

Andrea dagegen hatte Mühe, ein Lachen zu unterdrücken. »Die hätte mit Sicherheit ein paar Dinge zu Gesicht bekommen, die sie nicht so schnell vergisst.«

»Und auch nicht sehen wollte«, ergänzte Cassie deutlich wütender. »Großvater hatte recht. Jeremy ist ein Aufreißer. Bei seinem Aussehen voll verständlich. Vermutlich hat er nur mit mir geflirtet, um zu kriegen, was er will.« Noch immer fiel es ihr schwer, das zu glauben, so hin- und hergerissen wie sie war. Das hörte man auch ihrer Stimme an.

Kein Wunder, dass Andrea den Kopf schräg legte. »Du glaubst nicht, dass er so ist?«

»Nein, tue ich nicht!« Schon wieder war Cassie den Tränen nahe. Ihre Gefühle fuhren Achterbahn. »Denn dann wäre jedes Wort aus seinem Mund eine Lüge gewesen. Dabei klang er so echt für mich. Das kann doch nicht gelogen sein?«

»Hast du eine Ahnung!«, murmelte Andrea in sich und leerte ihr Glas in einem Zug. »Männer sagen alles, um eine Frau für sich zu gewinnen. Denk doch nur an Allan. Der ist das beste Beispiel. Ständig schwor er dir Reue und Besserung und wohin hat dich das gebracht? Er hat dich vor ganz Lovelane lächerlich gemacht. Da solltest du eigentlich schlauer sein.«

»Das dachte ich auch, zumindest bis Jeremy hier auftauchte.«

»Und der war ja so nett …«

»Er erzählte von seinem Job, den Sternen und dass er eine große Familie wollte und nie die passende Frau dafür fand.« Andrea blieb stumm. Cassie reagierte verärgert. »Jetzt sag doch auch mal was dazu!«

»Hab ich schon, doch das willst du nicht hören.« Andrea blickte ihr tief in die Augen. Dann wurde sie plötzlich ernst. »Du hast dich verliebt, richtig?«

Jetzt brach es erneut aus Cassie heraus. Die junge Frau schaffte es nicht, ihre Gefühle zu unterdrücken. All das, was sie die letzten Wochen so durchgemacht hatte, zerrte an ihrer Kraft. Nun war das Maß voll und der Zeitpunkt gekommen, alles herauszulassen.

»Schon gut, Süße. Das ist in Lovelane nicht ungewöhnlich. Liegt an der Geschichte der Stadt.«

Cassie machte große Augen. »Was hat denn unsere Stadt damit zu tun?«

Andreas Lachen kam tief aus ihrem Herzen. Die Freundin fasste Cassie am Arm. »Fast jeder Bewohner dieser Stadt hat seinen Partner hier kennengelernt. Lovelane ist berühmt dafür, solide Partnerschaften zu fördern. Früher hieß es *Loveline*, Liebeslinie, aber durch einen Schreibfehler der ersten Siedler wurde Lovelane daraus.«

»Und worauf willst du hinaus?« Cassie verstand den Zusammenhang nicht.

Andrea winkte ab. »Ich wollte nur sagen, dass es kein Zufall war, dass du Jeremy kennengelernt hast oder, dass er so war, wie er sich gab. Allan kam aus Boston. Das konnte nicht funktionieren. Jeremy hast du erst hier getroffen. Dass du dich verliebst, war fast schon dein Schicksal.«

»Aber hätte es dann nicht klappen müssen?«

»Tja, manchmal kann einem auch der Kosmos miese Streiche spielen.«

»Das ist nicht hilfreich, Andrea. Ich fühlte mich nämlich bei Jeremy wohl. Wir haben so viel gemeinsam, das kannst du dir nicht vorstellen. Ich hatte das Gefühl, der Himmel würde uns zusammenführen.«

»Dann hat er aber Mist gebaut, denn durch so eine Aktion spaltet ihr euch.«

Die Frauen sahen sich an.

Cassie war in Gedanken. Jedes Treffen, das sie mit Jeremy erlebte, blitzte im Geiste vor ihr auf. Als sie beim Park landete und sich sah, wie sie ein Eis aßen, wirkte sie frisch verliebt.

»Gott, ist das süß!« Andrea wurde wehmütig. »Ich kann sehen, wie du ihn anhimmelst.«

Diese Bemerkung wischte Cassie vom Tisch. »Ach, was. Ich war dumm. Ich bin fertig mit ihm. Soll er sich doch mit dieser Bethany treffen oder von einer wunderhübschen Brünetten mit dem Mund verwöhnen lassen. Mir ist das gleich.« Sie drückte ihre Brust raus.

Es wirkte so unecht, dass Andrea schon wieder lachen musste. »Das musst du noch einmal üben, denn es sieht nicht sehr überzeugend aus.«

»Was mache ich denn nun?«

Andrea seufzte. Dann wurde sie ernst. »Hast du mit ihm geredet?«

»Er rannte mir barfuß nach, mit halboffener Hose wohlgemerkt. Danach verfolgte er mich mit dem Auto, bestimmt die halbe Stadt durch. Ich habe nicht reagiert und bin schnurstracks davon. Das Handy habe ich ausgemacht. Ich möchte nicht mit ihm reden.«

»Dann wirst du nie seine Seite erfahren.«

»Muss ich das denn?«

Andrea wurde deutlicher. Sie rückte zu Cassie heran. »Wenn ich in all meinen Jahren bei der Kanzlei etwas gelernt habe, dann dass es immer zwei Seiten gibt, Süße. Solange man nicht beide kennt, sollte man keine Schlussfolgerungen ziehen.«

»Du denkst, das ist ein Missverständnis?«

Sie zuckte mit den Schultern. »Ich war nicht dabei und kann das nicht beurteilen. Aber wenn ich wüsste, wie er ausgesehen hat, …«

»Verwirrt, geschockt. Vielleicht ein wenig panisch?«

»Hm. Wenn sie ihn hätte verwöhnen wollen, hätte er dann nicht glücklicher sein müssen?«

»Ja, eigentlich schon. Ach menno!« Nun wusste sie gar nicht mehr weiter.

Andrea sprach ihr gut zu. »Weißt du was? Absägen kannst du ihn immer noch. Warum gehst du nicht zu ihm und sprichst dich mit ihm aus? Mich würde auch seine Meinung interessieren. Nicht, dass du dich am Ende noch ärgerst, es nicht wenigstens versucht zu haben?«

Da war etwas Wahres dran. Cassie atmete durch. »Na gut, auf deine Verantwortung. Ich fahre noch einmal zu ihm und hoffentlich klärt es sich dann.«

❋ ❄ ❋

Die Sache mit Cassie tat weh. Jeremy hatte Herzschmerzen. Er wollte ihr so gerne alles erklären, doch Alfreds Enkelin ließ ihn nicht. Seine Anrufe blockte sie ab, auf Nachrichten reagierte sie nicht.

»Klar, würde ich vermutlich auch nicht, nachdem was sie gesehen hat.« Er sagte es zu sich selbst und blickte dann auf Doris' Beet.

Seine Großmutter stand auf dem Balkon und gab ihm von dort aus Anweisungen. Der Wind wurde deutlich kühler und erster Frost kündigte sich an. Nicht mehr lange und es könnte schneien. Doris wollte vorbereitet sein.

Deprimiert grub Jeremy einen kleinen Bereich bei den winterharten Pflanzen um, um mehr Platz für Nachzügler zu schaffen. Die hatte er gestern für Doris gekauft. Zwei Tage nach Sandras Besuch. Seine Großmutter wollte ihn auf andere Gedanken bringen. Auch wenn es lieb gemeint war, es nützte nicht wirklich etwas und die Tatsache, dass er bald abreisen wollte, stimmte ihn traurig. Denn die aktuelle Situation konnte er so nicht stehenlassen. Das würde ihm das Herz brechen und seine Arbeit im Büro erheblich beeinflussen.

»Danke dir, mein Lieber, das reicht!« Doris machte eine deutliche Geste und trat aus der Balkontür. »Es ist genug Platz, um die winterharten Stauden einzupflanzen. Mehr muss nicht gemacht werden. Den Rest schaffe ich allein.«

Wortlos sah er sie an. Dann presste er die Lippen zusammen und zog seine Handschuhe aus.

Gerade, als Jeremy den Spaten im Gartenhäuschen verstauen wollte, fuhr ein Auto in seine Richtung. Neugierig hob er den Kopf. Dass es nicht Cassies Auto war, konnte er sehen und als er erkannte, wer da unmittelbar vor ihm hielt, war er fassungslos.

Bethany saß hinter dem Steuer, die Haare mit neuer, kurzer Frisur. Vorsichtig stieg sie aus.

»Auch das noch!« Was wollte die denn hier? Als hätte er nicht schon genug Probleme. Jeremy blickte sie an.

Auch Doris schien aufmerksam geworden zu sein. Seine Großmutter setzte sich in Bewegung. Was sie vor sich hinmurmelte, hörte Jeremy nicht, doch er erkannte an ihrer Miene, dass sie nicht begeistert war.

»Hi!« Verhalten kam Bethany näher. Die Hände hatte sie in ihren Taschen vergraben. »Ich … ich habe versucht, dich anzurufen, doch du hast nicht reagiert. Dann habe ich im Büro gefragt und Lloyd verwies mich hierher.«

»Dann werde ich mit Lloyd noch einmal reden müssen, denn hier hast du nichts zu suchen.« Jeremy war nicht in der Stimmung, sich eine Diskussion mit Bethany zu liefern. Er hatte Cassie im Kopf und keine Zeit für Bethanys Lügen. Dass es der Ex-Freundin aber gar nicht darum ging, nach irgendwelchen Gefälligkeiten zu fragen, merkte er wenig später.

»Ich weiß, dass du keinen Grund hast, meinen Worten zu vertrauen«, fing sie sogleich an. »Dafür habe ich dich zu sehr verletzt.«

»Was willst du?«, unterbrach er sie barsch. Seine Miene wurde finster.

»Ich wollte mit dir reden und da du meine Anrufe ignorierst, …«

»Mit gutem Recht.«

»Jeremy, ich …« Bethany wirkte nervös. Das kannte er nicht von ihr. Sonst war sie eher zu offen zu jedem und spielte sich förmlich auf. Doch auf einmal schien sie fast zerbrechlich zu sein. Das machte ihn sofort stutzig. »Weißt du, ich mache diesen Entzug, wegen meiner Drogen, und da gibt es ein Programm, das ich abarbeite.«

Bei Jeremy fiel der Groschen. Er schmiss die Handschuhe auf seine Schubkarre, die neben dem Spaten stand. »Bist du deswegen hier? Wegen des Programmes der Entzugsklinik? Lass mich raten, bei einem der Punkte geht es darum, sich seiner Vergangenheit zu stellen?«

Ihre Augen schauten ihn an. Schlagartig begann sie zu wimmern. »Es tut mir leid, was ich dir angetan habe. Du bist ein Engel von Kerl und hast nur das Beste verdient. Ich habe dich behandelt wie Dreck, ausgenommen und benutzt. Dabei würdest du jede Frau auf Händen tragen und hast es so lange mit mir versucht, dass ich es fast nicht mehr zählen kann. Ich … ich kann dir dein Geld nicht zurückgeben oder das Vertrauen in mich erneuern, aber ich möchte mich dennoch entschuldigen. Für alles, was ich tat.«

Als sie das äußerte, musste Jeremy schlucken. Denn so viel Ehrlichkeit kannte er nicht.

»Ich erwarte nicht, dass du mir verzeihst. Das könnte ich selbst nicht tun. Aber ich möchte, dass du weißt, wie unendlich leid es mir tut und ich wünschte, es wäre besser gelaufen.«

»Ja, das wünschte ich auch.« Ihm fehlten ein wenig die Worte.

Bethany wischte sich ihre Augen trocken. Dann reichte sie ihm die Hand. »Jedenfalls wollte ich das gern persönlich vor dir loswerden und lasse dich jetzt in Ruhe.«

Was? Er zuckte zusammen. »Das war's? Eine Entschuldigung und du bist weg? Keine Bitte um Geld oder andere Dinge?«

Automatisch musste sie lachen. »Das war mein altes Ich, ich weiß. Aber ich möchte mir ein neues aufbauen und dir nicht schon wieder wehtun. Daher, nein, keine Bitte um Geld oder andere Dinge. Meine Eltern unterstützen mich. Das reicht mir erst einmal.«

»Du hast sie seit Jahren nicht mehr besucht.«

»Ich weiß, aber das änderte sich, als ich in der Klinik war. Wir haben viel geredet und sie helfen mir da rauszukommen. Auch mein Arzt spricht mir Mut zu und ich habe eine großartige Selbsthilfegruppe gefunden, durch die ich gute Fortschritte mache. Einen Job habe ich ebenfalls ergattert, sodass ich bald keine Stütze mehr brauche.«

Das plättete ihn total. »Wow, ich weiß nicht, was ich sagen soll? Damit habe ich nicht gerechnet. Wie kommt es denn zu so einer Wandlung?«

Ihre Augen fixierten ihn förmlich. Dann offenbarte sie freundlich: »Durch dich und deine letzten Worte. *Du könntest so viel im Leben erreichen, doch stattdessen lässt du dich von Drogen beherrschen und machst alles um dich kaputt!* Das hat mir die Augen geöffnet. Denn du warst der Einzige gewesen, der mir eine Chance gegeben hatte und mir versucht hatte zu zeigen, dass es auch anders gehen kann. Ohne diese Pillen.«

Liebevoll sah er sie an. »Denn die lösen deine Probleme nicht, sie machen sie nur größer.«

Bethany nickte und verlor dabei eine Träne aus den Augen. Wie sehr ihr die Vergangenheit leid tat, sah man ihr wirklich an.

Ohne zu überlegen, kam Jeremy auf sie zu und nahm sie in den Arm. Er konnte gar nicht anders, denn auch Bethany gegenüber hatte er einmal etwas empfunden. Das konnte er nicht leugnen und kam in dieser Sekunde hervor. »Ich freue mich für dich, Beth, dass es endlich bergauf geht. Ich wünsche dir alles Gute und ganz viel Kraft für die weiteren Jahre.« Das flüsterte er ihr ins Ohr.

Bethany gab ihm einen Kuss. Mitten auf die Wange.

Jeremy lächelte und war innerlich froh, den Streit aus der Welt zu haben. Als er zufällig über Bethanys Schulter hinweg auf die Straße schaute, erhaschte er Cassies Auto. Es fuhr direkt an ihm vorbei. Ihm stockte auf einmal der Atem. Hatte sie etwa zu ihm gewollt? Denn ihrem Blick nach schien es fast so und auch seine Großmutter eilte herbei.

»War das eben Cassie? Wollte sie zu uns?«

Bethany fuhr herum. Sie schniefte. »Eine Freundin von dir? Hoffentlich hab ich sie nicht vergrault?«

»Bestimmt nicht«, wehrte Jeremy ab, auch wenn er ganz anders empfand. »Das war wohl einfach nur ziemlich schlechtes Timing!«

Aussprache
mit Happy End

Doris hatte recht. Schon den ganzen Tag überlegte Alfred, was er tun könne, um das Missverständnis zu klären, das zwischen Cassie und Jeremy herrschte. Er wollte wirklich, dass seine Enkelin glücklich wurde und wenn es mit Doris' Enkel war, warum nicht? Sie könnte es wahrlich viel schlimmer treffen. Das sah er nun deutlich ein. All seinen Mut fassend, zog er sich etwas Vernünftiges an, dann verließ er sein Haus und ging über die Straße.

Als Doris ihm öffnete, traute die ihren Augen nicht. Dann lächelte sie ihn kurz an und bat ihn herein. »Ich bin froh, dass du da bist.«

»Ja, ich … das … keine Ursache.« Er hatte Mühe, die passenden Worte zu finden. Anschließend sah er sich um. Als sein Blick das Wohnzimmer streifte, kräuselte er seine Stirn.

Jeremy saß auf der Couch und starrte betroffen zu Boden. Immer wieder fuhr er sich durch seine Haare und murmelte sinnloses Zeug.

»Was ist denn mit dem los?«, wollte Alfred von Doris wissen.

Frau Forrester klärte ihn auf. »Jeremys Ex-Freundin kam gestern zu Besuch. Sie wollte sich für ihr Verhalten in der Vergangenheit entschuldigen und dann wieder gehen. Mehr wollte sie nicht. Zum Abschied drückte sie Jeremy einen Kuss auf die Wange und genau das hat Cassie gesehen, als sie mit dem Auto an unserem Haus vorbeifuhr.«

»Wollte sie denn zu euch?«

Doris zuckte mit den Schultern. »Keine Ahnung, aber Jeremy meinte, es sah danach aus.«

Der Alte verstand und seufzte. »Oh je, das ... das ist wirklich dumm.«

»Was du nichts sagst?« Nun hob sie eine Braue. »Er hat das Gefühl, vom Pech verfolgt zu werden, seit er auf dich traf.«

»Das meint er hoffentlich nicht ernst?« Schon wollte der Alte laut werden, als Jeremy sich dazwischen schaltete und die Lage entschärfte.

»Natürlich nicht, Herr Snow.« Prompt steuerte er auf ihn zu. »Aber ich trete von einem Fettnäpfchen ins nächste, seit ich versuche, Sie von meinem guten Charakter zu überzeugen. Zuerst klemmt mein Reißverschluss in der Hose ein und Cassie kommt genau zu dem Zeitpunkt in mein Zimmer, als Sandra versucht, ihn zu lösen. Dann taucht Bethany auf und gibt mir einen Kuss auf die

Wange, als Cassie bei uns vorbeifährt. Das Schicksal will mich strafen, dabei dachte ich noch, dass die Sterne uns hold sind.«

Alfred erkannte deutlich, wie aufgewühlt er war. Innerlich fast zerbrochen. »Du magst sie wirklich?«, fragte er nach und erntete ein Nicken.

»Mehr, als Sie sich vorstellen können.«

»Na gut, dann … dann muss ich sie herholen und wir klären das Ganze.«

Überrascht blickte Jeremy auf. »Und wie wollen Sie das machen, Herr Snow? Ich glaube nicht, dass sich die Lage noch klären kann und übermorgen fahre ich wieder.«

»Wie bitte?« Das sagte Alfred nichts.

Hier half ihm Doris weiter. »Jeremy kann nicht ewig bei mir bleiben. Er hat die Verantwortung für sein Büro, denn er soll dort bald der Chef sein.«

Als er das hörte, stellte sich Alfred gerader hin. Er fragte spitz: »Dann muss ich mal ganz frech fragen, wie du dir das mit meiner Enkelin gedacht hast? Cassie arbeitet hier. Du glaubst hoffentlich nicht, dass es ausreicht, sie alle paar Monate zu besuchen?«

Schon kam das nächste Problem an. Jeremy setzte sich wieder. »Natürlich nicht. Ich würde mir nie anmaßen, von ihr zu verlangen, solch eine Beziehung auf sich zu nehmen. Weder könnte ich meinen Job aufgeben, noch solle sie das tun. Vielleicht ist es besser, wir lassen es gleich.«

»Papperlapapp! Das kommt gar nicht infrage«, mischte sich Doris ein. Optimistisch ergänzte sie: »Du hast nach einer Frau wie Cassie gesucht. Da kannst du nicht jetzt, wo sie da ist, einfach das Handtuch werfen!«

»Aber er hat recht, Oma Dori! Wie soll das denn mit uns weitergehen?«

Die zwei begannen zu streiten.

Dass Alfred tief in seine Gedanken sank, merkten Jeremy und Doris nicht. Erst, als er sich einbrachte und etwas dazu beitrug, hielten sie beide inne. »Ich wollte schon immer Lehrer werden und strebte ein Amt in Boston an. Dort zahlte man deutlich mehr. Ruth dagegen wollte bei ihren Eltern bleiben, damit sie nicht so allein waren. Wir stritten uns deswegen oft und wollten uns sogar trennen. Da war Christopher kaum ein Jahr alt.«

Entsetzt sah Doris ihn an. Die alte Dame wusste nicht, wie schlimm es einst um ihn stand. »Und dabei dachte ich stets, ihr zwei wärt Seelenverwandte?«

Herzlich begann er zu lachen. »Ja, das dachten viele.« Er kratzte sich kurz am Kopf. »Doch die Wahrheit ist, wir stritten uns ständig, über alles Mögliche. Wir beide waren zu stur, um den anderen gewinnen zu lassen. Das zeigten wir nur nicht.«

»Und wie kam es dann, dass ihr in Lovelane geblieben wart?« Das würde sie wirklich interessieren.

»Wir erkannten, wie wichtig wir einander waren und dass wir ohne den anderen nicht leben konnten. Dafür war unsere Liebe zu groß. Also gingen wir Kompromisse ein und machten uns eine Liste, sodass jeder etwas aufgeben musste und gleichzeitig etwas dazugewann.« Alfred trat näher an die beiden heran. Dann ergänzte er freundlich: »Ich ließ mich versetzen und blieb Boston fern. Am Ende hätte es mich ohnehin nicht glücklich gemacht, weil ich die wichtigste Zeit meines Lebens ohne den Menschen hätte verbringen müssen, der mir die Welt bedeutete. Lehrer konnte ich schließlich überall sein. Aber eine zweite Ruth zu finden, das war fast unmöglich.«

Doris musste schlucken und auch Jeremy wirkte, als habe er plötzlich einen Geistesblitz. Mit fester Entschlossenheit stellte er klar: »Herr Snow hat recht. Es gibt nur eine Cassie auf der Welt und die Chance, wirklich glücklich zu werden, ist immer begrenzt. Da ich nur ein Leben habe und dieses wirklich nutzen möchte, verzichte ich auf den Job.«

»Jeremy!«, kam es entsetzt von Doris. »Dafür hast du doch alles getan?«

»Das mag zwar sein, aber ein Reiseunternehmen leiten, das kann ich von woanders. Dafür muss ich nicht bei Lloyd sein. Er kann mir eine Empfehlung schreiben und ich gehe in die Nachbarstadt. Dort gibt es doch Büros? Oder ich mache mich selbstständig und baue mir einen Kundenstamm auf. Genügend Erfahrung habe ich ja.« Er strahlte die Alten an.

Sichtlich verwundert sah Alfred ihn an. »Du würdest deinen Job für meine Cassie aufgeben?«

»Haben Sie das nicht auch für Ruth getan, um ihre Liebe zu halten?«

Alfred nickte und fühlte Tränen aufsteigen. Der Alte war sichtlich ergriffen. Ohne noch weiter darüber nachzudenken, nahm er Jeremy in den Arm. »Du bist der Richtige für sie, das weiß ich jetzt. Meinen Segen hast du.«

»Danke, das hab ich gebraucht.«

Ergriffen blickte Doris von einem zum anderen. Als sie sich wieder gefangen hatte, fragte sie frei heraus: »Und wie wollen wir das mit Cassie machen? Sie glaubt Jeremy doch nie.«

»Aber sie wird mir glauben und auch auf mich hören.« Davon war Alfred überzeugt. Schon schlurfte er zu Doris' Telefon. »Ich muss sie anrufen und dann werden wir reden. Genauso wie wir es beim Abendessen machen wollten.« Er fragte gar nicht weiter, ob die anderen einverstanden seien. Er drückte einfach die Tasten und wartete auf einen Signalton.

Es klingelte in der Residenz. Jemand nahm ab. Eine Frau sagte freundlich ihren eingeübten Text: »*Willkommen in der Seniorenresidenz von Lovelane. Wie kann ich Ihnen weiterhelfen?*«

»Hier ist Alfred Snow. Ich möchte, dass sie meiner Enkelin Cassie eine Nachricht von mir übermitteln. Sie soll bitte umgehend zu mir kommen. Es ist sehr dringend.«

»*Und was genau geht es denn, Herr Snow?*«

»Um was es geht?« Verdattert blickte er um sich. Dann haute er das, was ihm als Erstes einfiel, einfach heraus. »Um Leben und Tod.«

Alfred hörte, wie die Frau am anderen Ende scharf einatmete. Bevor sie jedoch noch etwas hinterfragen konnte, legte er einfach auf.

Zufrieden sah er Doris und Jeremy an. Die alte Dame verzog ihre Stirn. »Leben und Tod? Ist das nicht etwas zu dramatisch?«

Er winkte mit einer Handgeste ab. »Cassie weiß, wie ich bin. Bei mir ist alles dramatisch. Es geht auch um Leben und Tod, wenn ich meine zweite Socke nicht finden kann.«

Sofort musste Doris schmunzeln. Dann nahm sie ihn fest in den Arm. Der Alte erstarrte. »Ich danke dir. Das war das Liebste, was du seit Langem getan hast, du Griesgram.« Sie flüsterte es an sein Ohr.

Dass sie ihn nicht beleidigen wollte, erkannte Alfred. Er sah es in ihren Augen, als sie sich wieder löste. Daher entgegnete er mit schiefem Lächeln: »Gern geschehen, du alte Schachtel!«

Daraufhin mussten sie alle lachen.

»Um Leben und Tod«, murmelte Cassie und steuerte den Wagen direkt auf Alfreds Haus zu. »Bei mir geht es auch gleich um Leben und Tod.«

Sie fuhr in die Einfahrt und stieg aus. Dann eilte sie hektisch zu Alfreds Tür und kramte nach seinem Schlüssel. Bevor sie ihn jedoch ins Schloss stecken konnte, hörte Cassie ein Rufen. Verwundert wandte sie ihren Kopf. Ihr Großvater war auf der anderen Straßenseite und stand an Doris Forresters Tür. Vor Schreck vergaß sie zu atmen und hoffte innerlich, dass der lieben alten Dame nichts

Ernsthaftes passiert sei. Als sie jedoch zu Alfred schritt, kräuselte sie ihre Stirn.

»Großvater, was ist hier los?« Er wirkte viel zu zufrieden, als dass es etwas Schlimmes sein könnte.

»Komm bitte herein, dann klären wir das.«

»Du hast mich doch wohl nicht angelogen?«

»Niemals!«, flunkerte er erneut.

»Dann geht es wirklich um Leben und Tod?« Sie trat hinter ihm ins Haus.

»Ja, zwar nicht um mein Leben, aber um deines.«

»Wie war das?« Schon wollte sie etwas ergänzen, als sie den Raum betrachtete. Doris schaute sie an und auch Jeremy war nicht weit. Beide warteten auf dem Flur und blickten hoffnungsvoll zu ihr. Dass hier etwas gespielt wurde, von dem Cassie scheinbar keine Ahnung hatte, verstand die junge Frau blind. »Großvater, was geht hier vor?«

»Jeremy hat dir etwas zu sagen und ich möchte, dass du ihm zuhörst.«

Zuerst verschränkte Cassie ihre Arme, denn sie hatte keine Lust auf Jeremys Erklärungen. Aber als sie hörte, dass ihr Großvater wollte, dass sie ihn anhörte, wurde es seltsam. War Doris' Enkel nicht sonst immer sein Feind? Er hatte ihn doch selbst bei jeder Gelegenheit schlechtgeredet. Genau darauf hatte auch Cassie vertraut und sich am Ende Alfreds Worte zu Herzen genommen.

»Es tut mir leid, wie das alles gelaufen ist«, begann Jeremy vorsichtig. »Das alles ist ein riesiges Missverständnis, Cassie.«

Sie hob verletzt das Kinn. Ihm in die Augen zu schauen, schaffte sie nicht, denn dann wurde sie wieder weich. Also starrte sie beiläufig an die Wand und lauschte seinen Worten.

»Ich habe nichts mit einer anderen Frau, weder mit Sandra noch mit Bethany. Das musst du mir bitte glauben.«

»Das sah für mich aber anders aus«, kommentierte Cassie dazu. Ihr Herz schlug deutlich schneller, denn die Szenen taten ihr weh. »Ich sah, wie diese Frau …«

Er lachte sie an und fuhr sich durch die Haare. »Wenn du Sandra meinst, dann weiß ich, worauf du hinauswillst. Sie ist die Schneiderin, die mir eine neue Hose machen sollte, weil ich meine beim Bau von Omas Laube zerriss. Ich weiß, dass es recht … prekär auf dich gewirkt haben muss.«

»Sie hatte den Mund an deinem Schritt«, erinnerte ihn Cassie leise.

Schon wieder lachte er sie an und schüttelte dann seinen Kopf. »Eine Szene wie aus dem Bilderbuch. Es hat alles perfekt gepasst. Mit der einzigen Ausnahme, dass nichts davon passierte. Ich meine, ja, sie hatte den Mund an meinem Schritt und das hätte nicht sein dürfen, aber das war anders, als du jetzt denkst.« Ganz tief sog er die Lungen voll. »Ich hörte nämlich, wie jemand die Treppe raufkam und war noch nicht fertig angezogen. Also wollte ich etwas vorschnell meine Hose wechseln und klemmte mir dabei versehentlich den Reißverschluss in der Unterwäsche ein. Weil Sandra extrem lange Kunstnägel an den Fingern hat, rutschte sie ständig ab. Also nahm sie ihre Zähne zu Hilfe, damit ich pünktlich bei dir sein konnte.«

»Und das soll ich dir glauben?« In ihren Augen klang es viel zu fantastisch, als dass es wahr sein könnte. »Wie wahrscheinlich ist denn bitte solch eine Situation?«

»Nun, vermutlich so gering, wie die Möglichkeit, jemanden zu treffen, der nach einem Sternbild benannt wurde und sich als neue Liebe entpuppt?«

Ganz plötzlich hielt Cassie die Luft an. Hatte er eben tatsächlich eine Liebeserklärung ausgesprochen?

Jeremy kam näher. »Ich kann Sandra gern anrufen, wenn du willst. Dann berichtet sie dir davon. Sie wird meine Sicht bestätigen. Da war nichts zwischen uns. Es war einfach nur dumm gelaufen.«

»Liebes, Sandra hat einen Freund«, mischte sich nun auch Doris mit ein. Die alte Dame lächelte. »Ihr war das Ganze ebenso unangenehm, aber wer konnte denn so etwas ahnen?«

»Und … und die Frau, die dich geküsst hat?«

»Das war Bethany, meine Ex-Freundin. Sie kam vorbei, um sich bei mir zu entschuldigen. Für alles, was sie mir in der Vergangenheit angetan hatte. Sie macht gerade einen Entzug und arbeitet dabei dieses Punkteprogramm ab.«

»Oh!« In Cassies Kopf ratterte es, denn natürlich kannte sie diese Programme ebenso. Die Betroffenen mussten sich ab einer gewissen Besserung ihrer Vergangenheit stellen und auch bei all jenen entschuldigen, denen sie Leid zufügen. »Ich komme mir wie eine Idiotin vor.«

»Nicht doch, ich hätte wohl ähnlich gezweifelt.« Jeremy nahm sie in Schutz.

Dass Doris und Alfred sachte nach hinten traten, um den beiden jungen Leute etwas Privatsphäre zu geben, registrierte Cassie nur am Rande. Aktuell war sie völlig verwirrt.

Jeremy fasste sie an den Schultern. Er sah ihr mitten in die Augen und sagte: »Ich habe noch nie eine Frau wie dich getroffen, Cassie. Du hast mich förmlich umgehauen. Ich wäre der größte Idiot aller Zeiten, wenn ich das absichtlich vermasseln würde, so großartig wie du bist.«

Jetzt wurde sie beinahe verlegen und spürte, wie ihre Wangen glühten.

»Ich habe mich in dich verliebt und das riskiere ich nicht.«

Sie biss sich auf die Unterlippe, als er ein kleines Kästchen vom Nebentisch holte. Was hatte er denn damit vor? Ganz plötzlich wurde ihr flau.

»Keine Sorge, das wird kein Antrag«, beruhigte er sie sofort. »Das wäre auch mir eindeutig zu schnell. Aber ich wollte dir das hier schenken, bevor ich morgen abreisen muss. Etwas, wodurch du dich ewig an mich erinnern wirst.«

Ganz vorsichtig nahm Cassie den kleinen Kasten entgegen und machte ihn dann auf. Als sie sah, um was es sich handelte, bekam sie Tränen in den Augen. »Cassiopeia.« In der Schachtel lag eine silberne Kette mit einem *W* als Anhänger.

Er nickte sie an. »Mir hat die Kette sofort gefallen, da war ich kaum zwei Tage hier. Weil sie mich an dich erinnerte, kaufte ich mir das Himmels-W. Denn wie wahrscheinlich ist es schon, jemandem wie dir zu begegnen? Einer Frau, die das Weltall so sehr liebt wie ich, so ehrlich und echt ist, wie ich es mir wünsche und gern eine Fußballmannschaft an Kindern mit jemandem hätte?«

Als Cassie das hörte und lachen musste, rollte die erste Träne nach unten. Vor Scham hielt sie sich den Mund. Wie leid ihr das alles tat, sah ihr Jeremy förmlich an.

Ohne zu überlegen, kam er auf sie zu und nahm sie in seine Arme. Sie schmiegte sich sehnsüchtig an ihn. »Ich liebe dich wirklich. Das musst du mir glauben. Und wenn du ebenso Interesse an mir hast, finden wir eine gemeinsame Lösung, um es miteinander zu versuchen.«

Sie nickte ihm zu. Dann spürte sie sanft seine Lippen. Jeremy gab ihr einen Kuss. Anschließend strich er ihr über die Wange, als sei sie allein das Zentrum der Welt.

Gott, wie sie ihn liebte!

Kaum entfernte er sich wieder, zerrte ihn Cassie zurück und holte sich einen weiteren Kuss. Im Hintergrund begann es zu lachen.

Als sie sich wieder zurück zu Doris und Alfred drehte, sah sie, wie Doris an ihrem Großvater hing. Der hatte ein Grinsen auf dem Gesicht, als ginge ihm das Herz auf. Viel zu lange hatte sie auf diese Miene verzichten müssen.

Cassie wischte sich die Augen trocken und steckte das Kästchen ein. Danach kam sie auf Jeremys Bemerkung mit der Abreise zu sprechen. »Du musst wirklich morgen fahren?«

Jeremy nickte. »Aber keine Bange, ich bin nicht aus der Welt und werde mir etwas einfallen lassen. Und bis dahin sollten wir die gemeinsame Zeit genießen und alle zusammen nach draußen gehen. Wer weiß, wann es anfängt zu schneien?«

Er wollte den Tag nutzen. Das merkte Cassie sofort. Mit neuer Hoffnung im Herzen nahm sie ihn an die Hand und schlenderte über den Gehweg, Doris und Alfred dahinter. Sie hörte, wie die beiden tuschelten und musste sich zwingen, nicht vor Freude zu jauchzen. Denn genau das hatte Cassie gewollt. Und das hatte sie gebraucht. Endlich wieder Herzlichkeit im Leben ihres Großvaters. Eine Familie an seiner Seite und Freunde, die ihm beistanden. Und irgendwann, wenn die Zeit es erlaubte, würde er auch wieder lieben können. Da war sie sich ganz sicher!

ENDE